BBULMEDIA

http://www.bbulmedia.com

점핑

차례

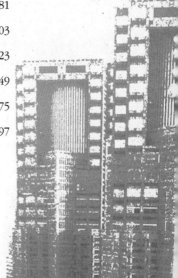

프롤로그

"끙차! 이게 마지막입니다."

"고생했어."

3.5톤 트럭 가득 실린 박스의 마지막 조각이 맞춰졌다. 온몸에 흐르는 땀. 텁텁한 여름의 바람이지만 지금은 제법 시원하게 느껴진다.

정수기에서 시원한 물을 몇 번 뽑아 마신 후, 책상에 앉아 오늘 한 일에 대해 간단히 업무 일지를 작성한다.

팔 힘을 너무 많이 썼는지 손이 덜덜 떨려 키보드를 치는데 느낌이 묘하다.

업무 일지를 작성하고 사무실의 시계를 보니 6시 30분.

"정아 씨, 오늘 사장님은 안 들어오세요?"

"네. 일 끝나시면 퇴근하라고 하셨어요."

"그럼, 저 먼저 들어갈게요."

"고생했어요⋯⋯."

흡사 '같이 저녁 먹지 않을래요?'라는 표정으로 바라보는 정아 씨. 하지만 못 본 척 사무실을 나섰다.

내 나이 21세. 내세울 것이곤 쥐뿔도 없지만 아직 청춘을 포기하고픈 생각은 없다. 조금만 더 말랐다면 아님, 조금만 더 예뻤다면이란 생각을 해 본다.

하지만 곧 머리를 흔들어 그 상상을 털어낸다.

상상력을 아무리 발휘해도 정아 씨는 내 스타일이 아니었다.

버스를 기다리는데 옷을 갈아입었음에도 퀴퀴한 땀 냄새가 올라온다.

집으로 가는 버스가 도착했지만 버스 안에 여고생들이 가득한 것을 보곤 걸어가기로 결정했다.

걸어가면 대략 20분쯤 걸리겠지만 차마 여학생들이 얼굴을 찡그리며 날 피하는 모습을 보기 싫었다.

하루 종일 달궈진 아스팔트에서 올라오는 열기가 여전하지만 힘든 하루가 끝났다는 생각에 발걸음은 가벼웠다.

"응? 문이 열렸네?"

집으로 가는 길에 있는 고물상은 내가 자주 들르는 곳이다.

고등학교를 졸업하고 무작정 서울로 올라와 취직한 곳이 내가 현재 다니는 공장. 일 년간 공장 한편에 마련된 숙소에서 지냈다.

2명의 외국인 노동자와 나, 그리고 한씨 아저씨가 한 방을 썼는데 정말이 버티기 힘들었다. 특히 한씨 아저씨의 발 냄새는 정말이지 상상하기도 싫다.

일 년간 열심히 일해 모은 돈으로 작은 옥탑 방에 전세를 얻어 나온 것이 작년이었다. 여름엔 비가 조금 새고 겨울엔 무지 춥다는 걸 제외하면 마음에 드는 집이었다.

집이 생기자 취미도 생겼는데 바로 책읽기.

책 대여점에서 빌려보는 것도 좋아했지만 고물상에 들러 대여점에 없는 예전 책들을 사서 보는 것도 좋았다.

"금이 왔나?"

"아저씨, 안녕하세요."

금속에 붙은 플라스틱을 칼로 떼던 주인 아저씨가 반갑게 인사한다.

"금이가 오늘 운이 좋네. 헌책방에서 오기 전이라 꽤 많을 거다."

"그래요?"

난 기쁜 마음에 책을 모아두는 곳으로 향했다.

고물상에 들어온 책은 모두 폐지로 가지 않는다. 나 같은 이들도 많았고, 특히 헌책방에서는 쓸 만하다는 것들은 싹 쓸이로 가져가는 경우가 많았다.

'오옷! 읽지 않은 판타지 소설이 완결까지 있다니.'

난 차곡차곡 마음에 드는 책들을 뽑기 시작했다. 쓸 만해 보이는 책들이 많아서인지 손놀림이 바빠진다.

"다 골랐나?"

"예. 오늘은 완전 득템인데요."

고른 책을 노끈으로 묶고 있는데 아저씨도 일이 끝났는지 내 옆쪽으로 와 담배를 태우신다.

"얼마예요?"

오늘 고른 책은 노끈으로 두 묶음. 높이로 치자면 대략 1m에 가까웠다.

"7,000원. 잠깐만."

역시 저렴하다. 한 달간 읽을거리 염려는 없을 것 같다.

"이거 가져다 봐라."

컨테이너 하우스에 들어갔다 온 아저씨는 검은 비닐봉지에 건넨다.

받아 안을 살짝 보니 성인잡지다.

"어, 아저씨. 이거 아끼시는 거잖아요?"

"오늘 몇 권 들어왔더라. 그건 이제 지겹다."

"헤헤! 감사합니다. 잘 볼게요."

"웃기는. 내일 일하는데 방해되지 않길 바라마. 킬킬킬!"

몇 분 시시껄렁한 얘기를 나눈 후, 계산을 하고 양손에 책을 들고 힘든 줄도 모르고 집으로 왔다.

문을 열자 바깥보다 더 더운 열기가 확 밀려 나온다. 벽돌로 문을 고이고 책은 한쪽에 던져 놓고 화장실로 들어갔다.

시원한 물에 샤워를 마치고 나와 책을 들고 방으로 들어갔다.

좁은 방은 중고로 산 TV와 오전에 개지 않은 이불, 그리고 주워온 책꽂이들을 가득 채운 책들이 눈에 띈다.

모기장을 치고 TV를 켠 후, 오늘 득템한 책들을 살펴본다.

"쳇! 이건 뭐야?"

급하게 고르다 보니 딸려온 책인가 보다. 흡사 여성잡지를 사면 끼워주는 부록처럼 얇은 낡은 책자가 다른 책에 붙어 있었다.

찌직!

붙어 있던 책이 떨어지는 소리.

낡은 책이라기 보다는 노트에 가까운 책. 희미하게나마 괴발개발 쓴 제목이 보인다.

유체 이탈과 정신 이동 방법.

"하하하하!"

빵 터졌다. 제목만으로도 사람을 웃기는 책이 있을 줄이야.

호기심에 웃음을 띤 채 책장을 넘긴다.

……유체 이탈은 가장 편안한 자세에서 정신을 백회 부근에 집중해야 한다. 이때, 백회에 집중된 정신을 눈과 눈 사이의 중심점에서 앞으로 약 30센티 앞으로 나아간다는 생각을 지속적으로 해야 한다. 그러다 어느 순간 몸이 실제로 앞으로 나아간다는 느낌을 받을 수 있는데 그때 새로운 세상을 볼 수 있다. 물론, 이러한 과정은 결코 쉽지 않다. 일단, 몸에 일체의 힘을 주지 않아야 하고 움직임이 없어야 한다.

……(중략)…….

유체 이탈을 한 다음 정신 이동을 하고 싶은 상대를 바라보고 아까와 마찬가지로 그 상대방의 머리끝에 집중하고 나아간다는 생각을 지

속한다. 이때 필요한 것이 다음 장에 언급된 주문이다. 주문을 외우며……

참, 어이없는 책이다. 작가 지망생이 끼적거린 노트인가? 주문을 한 번 중얼거려 본다.

"세그라이노 아진카이블로 사이진도 우르지보이노……."

……영혼은 원래의 육체로 돌아가려는 힘이 있다. 돌아가는 걸 거부할 땐 영혼에 크나큰 상처를 입을 수 있으니 주의해야 한다. 뒷장은 유체 이탈과 정신 이동을 할 때 응용법들과 사용상의 주의할 점을 적어두었으니 꼭 숙지하기 바란다.

여기까지다. 더 이상 뒤를 볼 필요성을 느끼지 못했다. 그 책은 한쪽으로 치워두고 득템한 판타지 소설을 집었다.

"낼 뵙겠습니다."
"몸이 안 좋은 거 같은데. 푹 쉬어."
초저녁에 잡은 판타지 소설이 볼 만해 거의 밤을 새우다시피 했더니 몸이 무겁다. 빨리 들어가 딴짓 말고 잠이나 자야겠다.
버스는 역시 포기. 택시를 탈까 싶어 빈 택시를 기다린다.
'어라, 저 꼬맹이…….'
건너편에 아기 엄마가 잠깐 한눈파는 사이에 꼬맹이가 도로 아래로 내려온다.

"아줌마! 애기 위험해요!"

고함을 질렀지만 다른 아줌마와 수다를 떠느라 듣지 못한다. 맞은편에서 달려오는 트럭.

"젠장! 아줌마! 애기!"

판타지에 보면 이러다가 죽는 놈들도 많던데라는 생각이 들었지만 고향에 있는 동생들이 눈에 밟혀 무작정 몸을 날렸다.

끼이이이이이익!

브레이크 소리.

"꺄아아악!"

아기를 밀었다. 뒤이어 엄청난 충격과 함께 몸이 날아오른다.

마치 슬로우 비디오의 화면처럼 세상이 느려진다. 다행히 아기는 무사했다. 비명을 지르는 아기 엄마는 짜증스럽기만 하다.

"……씨발."

눈앞에 먼지 낀 회색 아스팔트가 다가온다.

까득!

순간적으로 뭔가 꺾이는 소리와 함께 아픔이 일어났지만 어둠이 날 먼저 집어삼킨다.

1.
정신 이동

정신을 차렸다. 어둡다. 눈을 떠야겠다는 생각을 했지만 떠지지 않는다.

어느 판타지 소설에 나온 것처럼 혹시 아기가 된 건가?

아니다. 따뜻한 느낌도 심장의 울림도 느껴지지 않는다.

그럼, 죽은 건가? 그것도 아닌 듯싶다. 주변에서 들리는 소리는 확실히 들린다.

누군가가 숨 쉬는 소리, 기계의 우웅거리는 소리, 삐익거리는 소리 등등.

'병원인가?'

대략적으로 짐작해 보면 병원 같다.

죽은 것이 아니라는 확신이 들자 갑자기 병원비가 걱정이었다. 딱히 보험을 들어둔 것도 없었고, 퇴근하다가 다친 것이라 산재도 되지 않을 것이니까.

혹, 그 아이의 부모가 대주지 않을까? 라는 기대감도 약간은 든다.

드르륵!

이런저런 생각을 하는데 들리는 문소리.

다시 눈을 뜨려고 해 본다. 안 된다. 몸을 움직이려 해봐도 역시나 마찬가지.

움직이지 않는 무선 장난감이라 해야 할까? 아무리 뭔가를 하려고 해도 아무런 반응이 없다.

'많이 다쳐서 그런 건가? 시간이 지나면 좀 낫겠지.'

편하게 마음먹기로 했다. 큰 트럭과의 교통사고라면 밑에 깔리지 않은 것만으로도 천만다행이었다.

병실을 조용히 걷는 이는 간호사 같다. 조용히 한 바퀴도는 느낌이 들더니 잠시 후 문을 열고 다시 나가는 소리가들린다.

몸이 좋아져 눈을 뜨게 된다면 방금 그 간호사를 한 번보고 싶어졌다. 내 옆을 지날 때 느껴지는 그 향기라니.

'히히히!'

갑자기 엉뚱한 생각이 든다. 아름다운 간호사와 환자의뜨거운 사랑!

고물상 아저씨가 주신 책에서 나온 짧은 치마의 간호사가마치 날 유혹하는 모습이 그려지는 듯하다.

이렇게 잠시 상상의 나래를 펼쳐 본다.

하루에 몇 번. 문 열리고 닫히는 소리를 제외하곤 여긴 특별히 다른 소리가 들리지 않는다.

무엇보다도 이 지긋지긋한 어둠은 정말이지 참을 수가 없다.

'씨발! 난 살아 있다고! 당장 날 일으켜 줘! 내 목소리 안 들려? 난 지금 깨어 있다고…….'

'제발 한마디라도 해줘! 난 변화가 필요해. 당장 어떤 말이라도 하란 말이야! 제발…… 제발…….'

하루, 이틀 시간이 지나갈수록 난 미쳐 가고 있다. 차라리 죽었으면 이러한 고통도 이러한 외로움도 없었을 텐데.

'난 지금 살아 있단 말이야~~~!!'

얼마나 시간이 흘렀는지 모르겠다.

세상을 원망했고, 날 이렇게 만든 아줌마의 부주의에 저주를 퍼부었고, 날 친 운전사를 갈가리 찢어발겼다.

내 상태에 대해서도 짐작이지만 알 수 있었다. 전신 마비에 혼수상태.

코마(Koma, Coma, 昏睡)에 관련된 영화를 본 적이 있었다.

정신은 깨어 있을 수 있다는 내용을 다룬 영화였던 것으로 기억한다. 주인공은 10년이 넘는 혼수상태에서 결국 깨어났다.

하지만, 난 그 영화를 기억해 내며 희망을 가졌다기보다는 더 심한 좌절을 느껴야 했다. 10년간의 어둠이라니…….

혀를 깨물 수 있는 힘만 있었다면 좋겠다는 생각이 하루에도 몇 번씩 들었다.

하지만, 이 모든 것들이 시간이 지나자 소용없는 짓이라는 걸 깨달았다.

그리고 마침내, 어둠 속에서 노는 법을 알아냈다.

어둠에 내 방을 만들었다. 그리고 그 방에 틀어도 나오지 않는 TV를 만들어냈고, 책장을 만들어냈다.

'그 뒤 얘기가 어떻게 되었더라?'

지금은 책을 만들고 있다. 내가 읽었던 책들의 내용을 기억하고 그것을 작성해 책장에 하나둘씩 꽂고 있는 중이다.

'아! 남자 주인공이 여자 주인공을 절벽으로 밀어 떨어졌었지. 그러면서 새로운 단락으로 넘어갔어.'

마치 엄청난 발견을 한 것처럼 호들갑을 떨고 있지만 이건 하나의 놀이이다. 이 지겹고 긴 혼자만의 시간을 보내기 위한.

웃기는 건 기억하려는 책들의 토씨 하나까지 기억이 난다는 것이다. 간혹 막히는 부분이 있으면 그게 오히려 기뻤다.

생각하느라 시간을 죽일 수 있으니까 말이다.

차곡차곡 쌓여가는 책들. 조금 읽은 건 읽은 만큼 쓴 후 책장에 꽂았다.

시간은 그렇게 계속 흘렀다.

◆　◆　◆

새로운 신입인가 보다. 걷는 소리와 향기만 맡아봐도 충분히 알 수가 있다. 여자 간호사다!

내가 유일하게 머릿속 나만의 방에서 외부로 신경을 돌릴 때는 누군가가 들어왔을 때다.

특히 여자 간호사가 들어올 때다. 물론, 남자 간호사라면 바로 신경을 껐다.

문이 닫히는 순간까지 귀를 쫑긋 세우고 간호사의 움직임을 체크한다. 특별한 상상을 위한 것이 아니었다.

이것이 내가 유일하게 살아 있다는 걸 느끼게 해주는 일이었기에 하는 것뿐이었다.

자주는 아니지만 내 옆에서 뭔가를 할 때도 있었는데 숨소리를 느낄 만큼 가까이에서 뭔가에 열중하는 간호사. 처음엔 얼마나 기뻤는지 몰랐다.

하지만, 그녀가, 아니, 그놈이 말을 뱉으면서 상상력은 사라졌다.

"젠장! 이 짓도 못할 짓이라니까. 때는 왜 이리 많아!"

나야말로 젠장이다.

간호사는 여자만 있는 것이 아니라는 걸 생각 못하고 있었다니.

또한, 간혹, 아주 간혹 '삐이~' 소리와 함께 몇 명의 간호사들이 와 침대를 끌고 가는 소리를 듣는다. 별말이 들리지 않았지만 그게 뭘 의미하는지는 알 수 있었다.

난 그날을 기다리고 있다.

이제 아이 엄마에게도 운전사에게도 더 이상 어떤 원한도 없다. 단지 이 기나긴 시간이 멈추기만을 간절히 바라고 있다.

탁!

문 닫히는 소리.

다시 나만의 세계로 돌아갈 시간이다. 어둠에 방이 나타난다. 책꽂이에는 이미 더 이상 들어갈 곳이 없을 정도로 책이 빽빽하다. 그것도 모자라 방 구석구석에 수많은 책들이 쌓여 있다.

난 저 많은 책을 머릿속 공간에서 다시 기억해 내고 적은 것이다. 집에 있던 책뿐 아니라 대여점에서 빌려본 책들까지 모조리 기억해 만든 것이다.

언제 태워 버리고 다시 작성을 해야 할지도 모른다는 공포감이 음습한다.

'오늘은 무슨 책을 만들까?'

사고 일어나기 전날에 읽은 판타지 소설도 어제부로 완료되었다. 딱히 더 이상 떠오르지 않는다. 진즉에 책 좀 많이 읽어 둘 걸 그랬다.

'아! 유체 이탈과 정신 이동 방법!'

문득 떠오른 그 웃긴 책. 난 자리에 앉아 책을 만들고 그 책 표지에 제목을 적었다. 그리고 책을 작성하기 시작했다.

'……이러한 과정은 결코 쉽지 않다. 일단, 몸에 일체의 힘을 주지 않아야 하고 움직임이 없어야 한다. ……!'

자, 잠깐! 내가 지금 뭐하는 짓이지?

책을 만든다고 정작 중요한 걸 생각하지 못했다. 이 책이라면 난 어쩌면 어둠에서 빠져나갈 수 있을지 모른다.

그리고…… 자유로운 몸을 가질 수 있을지도.

한 줄기 빛, 희망이라는 단어가 떠오른다.

'후~~ 후~~'

심호흡을 몇 번 한 후, 표현이 이상하지만 눈을 감았다.

익숙한 어둠.

'정신을 백회에 두고 눈과 눈 사이의 가운데 30cm 정도로 나아간다. ……나아간다. ……나아간다.'

쉽지 않다. 물론, 그래도 상관없다. 나에겐 남는 게 시간이니까.

얼마나 누워서 중얼거리는 걸까? 어차피 몸은 움직이지도 못하니 조건은 만족한 상태. 집중력의 차이라 생각하고 오로지 '나아간다'를 중얼거리며 집중했다.

어느 순간 말도 잊고 내가 무얼 하는지도 잊었을 때 몸이 밖으로 나가감을 느꼈다.

그리고 눈을 떴다.

'성공이다!'

내가 만일 움직일 수 있는 몸을 가지고 있었다면 월드컵 결승전에서 결승골을 넣었을 때보다 더 미친 듯이 날뛰었을 것이다.

형광등은 꺼져 있어 어두웠지만 창으로 들어오는 태양빛으로 실내를 모두 파악할 수 있었다.

넓은 방. 그곳에 놓인 침대 위에는 혼수상태의 환자들이 있었다. 대략 훑어봐도 30명이 넘어 보이는 사람들이 누워 있다. 내가 상상하던 그대로다.

환자들은 뼈골이 상접한 모습에 링거를 꽂고 있었고 두발은 짧게 잘려 있고 수염도 거칠게 나 있다.

살짝 뒤돌면 내가 보일 텐데 고개 돌리기가 살짝 겁난다. 속으로 하나, 둘, 셋을 샌 후 누워 있는 날 본다.

바짝 마른 얼굴과 몸. 거친 수염. 짧게 잘린 머리카락. 내가 보기에 난 죽어 있었다.

다만 가늘게 오르락내리락하는 가슴만이 내가 살아 있음을 말하고 있었다.

눈물이 날 것 같다. 하지만 영체에 불과한 지금의 내가 눈물을 흘릴 수 있을까?

상관없다. 슬픔만 표현할 수 있다면 그걸로 족했다.

영체인 난 그렇게 과거의 모습이라곤 없는 날 보고 울었다.

한참을 울고 나자 마음이 한결 편해진다. 어느새 해가 졌는지 어두워진 병실. 하지만 각 침대에 붙어 있는 각종 장치들이 내뿜는 빛만으로도 안을 훤히 볼 수 있었다.

'영체는 어둠과는 상관없을라나.'

소원하던 어둠에서 벗어났다. 이제는 다시 돌아가고픈 생각이 들지 않는다. 이참에 한 번 돌아다녀 볼까 싶다.

하지만 곧 그럴 수 없음을 알게 되었다. 영체라고 해도 몸에서 1m 이상 벗어날 수 없었다. 영화에서 보던 어떤 고리가 연결되어 있는 건가?

최대한 내 몸과 떨어져 몸과 영체가 연결되어 있는지 살펴본다.

'있다!'

가느다란 투명의 실.

이걸 끊으면 죽을 수 있는 건가? 끊어볼까?

하지만 그 투명 실은 내가 잡을 수가 없었다.

드르륵!

고개가 반사적으로 돌아갔다. 그토록 보고 싶었던 간호사님. 난 그녀들을 볼 수 없었기에 상상 속에서 그들의 모습을 그려봤었다.

온화한 미소를 살짝 띠고 생글거리는 눈으로 환자를 바라보는 그녀들은 하얀 간호사복장이 무척이나 잘 어울리는 모습이었다.

오 마이 갓!

난 결코 여자를 외모로 판단하지 않는다. 하지만…… 이건 말문이 막히는 수준이다.

먹이를 노리는 곰의 모습이 저럴까? 입고 있는 간호사복이 4칸 창문의 커튼으로 만든 것이 아닌가 싶다.

종아리가 예전 내 허리보다 굵어 보인다.

그러면서도 침대와 침대를 누비는 몸놀림이 예사롭지 않다.

난 상상 속의 그녀를 지울 수밖에 없었다.

환자를 꼼꼼히 살피며 연신 손에 든 무언가를 터치하는 그녀. 간호사로서 일하는 모습은 정말이지 아름답다.

그렇다. 일하는 그녀는 아름다웠다. 하지만, 일하지 않을 때는 만나지 않았으면 하는 바람이다.

탁!

모든 일을 마친 그녀가 밖으로 나간다. 비로소 막혀 있던 숨이 트이는 것 같다.

응? 근데 뭔가를 잊은 것 같은데?

'아! 정신 이동!'

……

부르르 떨리는 영체. 방금 쓸데없는 상상을 하고 말았다. 간혹 잊는 것도 나쁘지 않아 보인다.

정신 이동을 할 사람을 정했다. 방을 드나드는 6명의 간호사 중에 한 명. 원래는 남자 간호사가 올 때까지 기다릴 생각이었지만 언제 올지 모르니 기다릴 수밖에.

"정말이지 이 짓은 못할 짓이야. 신참 똑바로 잡아."

"예! 정 간호사님."

환자들 몸을 닦아주고 등창이 생기지 않도록 환자를 돌보는 두 명의 남자 간호사들이 왔지만 난 밖으로 나가지 않았다.

왜냐고? 난 분명 정신 이동할 사람을 정했다고 했다. 결코 그 여자 간호사가 내가 상상 속에서 만든 그녀만큼 아름다워서 그러는 건 아니다.

……

그래 인정한다. 오전 타임에 들르는 그녀는 정말이 아름

다웠다. 정신 집중이 엄청 잘된다고 할까? 물론, 정신 이동
은 실패했다. 그녀의 머리끝이 아니라 가슴 끝에 집중을 했
기 때문이다.

하지만, 내일은 다를 것이다. 반드시 그녀에게로 정신 이
동을 할 것이다.

난 서울로 무작정 상경했을 때처럼 의지에 불타올랐다.

'왔다.'

문을 열고 들어오는 그녀. 난 정신을 집중하기 시작했다.

벌써 5일째 실패.

첫날에 가슴에, 둘째 날도 가슴에, 셋째 날도 가슴에, 넷
째 날엔 늘씬한 다리에, 다섯째 날에는 잘록한 허리에 정신
이 집중되었기 때문이다.

이번에는 정말이지 성공해야 한다는 생각에 모든 집중을
쏟았다.

그리고 입으로 주문을 중얼거렸다.

'세그라이노 아진카이블로 사이진도 우르지보이노……'

이번에는 느낌이 좋다. 집중도 잘되고 그녀가 바로 내 앞
에 있는 것 같다. 이 느낌이 조금만 더 지속된다면…….

탁!

이런 쌩! 환자를 보러 왔으면 좀 진득이 보고 갈 것이지.
뭐가 급하다고 그리 빨리 가느냐 말이다.

이대로는 안 된다.

연습의 필요성을 느끼게 되었다. 옮길 곳은 많다.

약간의 불안함이 생겼지만 어차피 그 책을 다 읽지 않았기에 한 가지씩 알아가야 했다.

정신 이동을 했는데 고작 10분 정도만 움직일 수 있다면 정말 곤란하기 때문이다.

일단, 적당한 사람을 골랐다. 좀 건강하게 보이고 금방 죽을 것 같지 않은 인물. 혹 옮겨갔는데 바로 심장이 멈춰버리면 큰일 아닌가?

'휴~ 여기서 고른다는 자체가 잘못이군.'

쭈욱 훑어보다 보니 한숨부터 나왔다. 그냥 가장 근처에 있는 인물을 찾았다.

'이종진. 나이 45세.'

밑에 적힌 영어는 못 알아보겠다. 하지만 가장 적합해 보이는 인물이었기에 정신을 집중했다.

그리고 나지막이 주문을 중얼거렸다.

이종진의 백회와 주문에 집중했다.

유체 이탈과 비슷한 느낌이 든다.

그동안 놀고만 있지 않았다. 유체 이탈 과정을 하루에도 몇 번씩 반복했기에 이제는 유체 이탈은 5분이 걸리지 않는다.

연습해 본 결과 유체 이탈하고 몸에 다시 들어갔다가 나오는 시간까지 합치면 대략 5분 정도.

유체 이탈한 육체로 들어가는 건 의외로 쉬웠다.

그냥 가만히 누워 있으면 물에 잠기는 듯한 느낌이 들며 원래의 어둠 속 내 방으로 돌아왔다.

서서히 내가 뭘 하는지 망각하는 상태로 들어간다.

그리고 몸이 앞으로 쑤욱 나아간다는 느낌이 든다.

'아! 이동했다!'

이종진의 머리맡에 와 있는 날 발견했다.

내 육체는 괜찮은 건가?

돌아보니 내 침대에 있는 생명 유지 장치는 멀쩡히 잘 작동하고 있다.

난 이종진의 몸에 눕듯이 안으로 들어갔다.

약간 기분 나쁜 이질감.

내 몸에 들어갈 때완 다른 느낌이다. 흡사 나에게 맞지 않은 옷을 입은 것 같달까?

가만히 누워 있자 차츰 이질감이 사라진다.

그리고 이종진의 정신세계라 할 수 있는 어둠의 공간으로 들어왔다.

나와는 좀 다른 어둠의 느낌이다.

하지만 지금은 느낌이 중요한 것이 아니다.

여기서 어떻게 해야 할지 고민해 본다.

이 사람 역시 코마 상태이니 움직일 수 없는 건가?

'눈을 떠보자.'

엇! 나 때와는 다르다.

내가 아예 작동하지 않는 무선 자동차라면 이 몸은 건전지가 떨어진 무선 자동차라고 표현하는 게 맞을 것 같다.

난 힘을 줬다.

영체 주제에 두 손을 잡고 노력해 본다.

'잠깐, 영체가 힘을 준다고 되는 게 아니잖아? 그럼 뭐가 있을까? 생각? 상상? 의지?!'

그래! 내가 여기에 올 때 강렬히 원했던 것처럼.

난 의지를 더했다.

간절한 마음이 통했을까?

어둠은 순식간에 사라지고 태양보다도 밝은 빛이 눈으로 들어온다.

'윽!'

다시 눈을 감았다.

아무리 약한 불빛이라고 해도 지금 이 몸에는 너무 강렬했던 것이다.

몇 번의 깜박거림 뒤에 빛에 익숙해졌다. 눈동자를 굴려 실내를 살펴본다.

눈으로 세상을 다시 보게 되다니⋯⋯.

영체로 보나 똑같은 방이었지만 느낌이 달랐다.

그렇다고 내 몸도 아닌데 이 몸을 가진 채 울 생각은 없다.

이번엔 목을 움직여 보고자 노력했다.

눈을 움직일 때와는 비교도 안 될 정도로 힘이 든다.

'헉! 헉!'

영체가 힘들어 할 줄이야 정말 상상도 못했다.

하지만 지금은 모든 기운이 빠진 것처럼 힘이 없다.

'의지력을 너무 많이 써서 그런가?'

막연한 생각이었다.

점핑

그 순간 몸을 무언가가 당기는 느낌이 든다.

거부하려는데 영혼이 상처를 입을 수 있다는 경고가 번뜩 떠오른다.

결국 힘을 빼고 당기는 힘에 순응을 했다.

그러자 순식간에 내 머리맡으로 돌아온다. 빨리 몸으로 들어가라고 어떤 힘이 말하는 듯하다.

드르륵!

"무슨 일이지?"

헉! 저 곰이 왜 이 시간에?

그녀가 가는 곳으로 시선을 돌렸다.

이종진이 있는 곳. 생명 유지 장치를 보고야 알 수 있었다.

이종진의 심장박동수가 엄청 높아져 있었다.

내가 무리하게 움직이려고 했으니 어쩌면 당연한 일일지도.

"응? 눈을 뜨고 계시네? 혹시 깨어나시려는 걸까?"

잠시 뭔가를 체크하더니 머리맡에 놓인 호출 버튼을 누를까 말까 망설이는 그녀.

난 몸으로 들어가야 한다는 생각을 했지만 정신 이동 후에 상대방이 어떤 결과를 가지게 될지 궁금해 억지로 참아 본다.

"그냥 일시적인 건가? 좀 주의해서 봐야겠다."

그녀는 손에 든 기계에 뭔가를 체크한다.

그러더니 갑작스레 치마를 올리더니 속옷을 매만진다..

"급하게 뛰어오느라 속옷도 제대로 못 입었네."

윽! 치명타다. 여자가 칠칠치 못하게!

난 더 이상 참지 못하고 몸 위에 누웠다. 그리고 일체화되어 간다.

"어머, 오늘 이상하네. 이 환자는 왜 코피를……."

암흑으로 들어가며 쏟아지는 잠.

코피라니 아무래도 무리했나 보다.

"홋! 제 속옷을 보신 거예요? 저 이래 봬도 눈이 높답니다."

…….

컥! 이 곰이 어따 대고…….

그녀의 마지막 공격에 난 정신을 잃었다.

◆　◆　◆

날짜 관념이 없는 난 얼마나 정신을 잃었는지 모른다.

하지만 난 깬 후 다시 한 번 이종진의 몸으로 들어갔다.

24시간.

아무것도 하지 않고 가만히 있었을 때 내가 버틸 수 있는 최대한의 시간이었다.

내가 만일 움직이는 사람의 몸을 차지하게 되었을 땐 분명 의지를 사용해야 할 터. 그럼 시간이 훨씬 줄어들 것은 자명한 일이었다.

난 바로 간호사에게 정신 이동을 하지 않았다.

아직 배울 것이 많다는 생각에서였다.

이번에 타겟으로 삼은 사람은 병실에 있는 여자 환자 중 한 명이었다.

혹 성별에 따른 차이를 알아내기 위해서였다.

거리도 다소 떨어져 있어 거리 문제도 생각할 겸 해서였다.

잘 보이지도 않는 그녀의 백회 부분을 봤다. 그리고 정신을 집중하기 시작했다.

이미 두 번의 정신 이동을 해서일까?

수월하게 그녀에게로 쑥 다가가는 게 느껴진다.

바로 그녀의 몸을 차지하기 위해 누웠다.

역시 이질감이 있다.

이종진에게 들어갔을 때보다 좀 더 심한 건 역시 성별 때문일까?

난 이번에도 어둠의 정신세계를 생각했다.

하지만, 그건 잘못된 생각이었다.

하나의 방이었다.

공포의 방이 이럴까? 괴기스러움과 오싹함이 느껴진다.

내 방보다 훨씬 넓고 화려한 방에 새하얀 침대가 놓여 있고, 온 벽에는 한 남자의 사진이 붙어 있었다.

그런데, 멀쩡한 것이 단 하나도 없었다.

눈이 도려내진 것도 있었고 칼이 박힌 것도, 피눈물을 흘리는 사진도 있었다.

사진 하나하나에 원한이 스미어 있음이 느껴진다.

'이 여자 도대체 누구야?'

의문을 가진 순간 갑작스레 쏟아져 들어오는 정보들.

영화에서 필름을 빨리 돌려 한 사람의 일생을 보여주는 느낌이랄까?

'으으윽!'

곽지안. 29세.

부유한 집안에서 자라 일찍이 양친을 잃고 막대한 유산을 받고 의사 남편과 결혼했다.

하지만, 곽지안의 남편은 그녀를 사랑하지 않았다.

오로지 돈을 보고 한 결혼. 결혼 전 사귀었던 여성과 만남을 지속했다.

그러다 그 사실을 알게 된 곽지안은 이혼을 결심한다.

하지만 그녀의 남편이 선수를 쳤다.

정신을 잃게 만드는 약을 그녀에게 먹인 것이다.

움직이지 못하는 그녀를 계단에서 떨어트려 사고처럼 죽이려 했지만 그녀는 살았다.

단지 전신불구에 혼수상태에 이른 것이다.

난 그녀의 일생을 보며 그 남편의 악독함을 욕했다.

그리고 또 다른 한 가지를 알 수 있었다.

바로 이종진과 곽지안의 차이를 말이다.

이종진은 영체, 즉 영혼이 몸을 떠난 것이라면 곽지안은 나처럼 영체만 살아 있고 몸을 움직일 수가 없는 것이다.

혹시나 싶어 눈을 뜨고자 노력해 본다.

역시나 나와 같은 증상을 보인다. 몸이 아예 나의 명령을 듣지 않는다.

그나저나 그녀의 기억을 받아서일까?

머리가 무척이나 혼란스럽고 띵하다.

그리고 곽지안의 기억들이 마치 내 일처럼 느껴진다.

정신 이동마다 이런 식이면 정말이지 곤란할 것 같다.

아무래도 좀 고민해 봐야 할 문제다.

'이제 돌아가 볼까?'

더 이상 이곳에서 할 일도 없었다.

마지막으로 곽지안의 방을 훑어보다 문득 엉뚱한 생각을
했다.

내가 이 방을 바꿀 수 있을까?

그러면 과연 곽지안이 그것을 볼 수 있을까?

의문과 함께 난 침대 옆에 작은 테이블을 만들기 시작했다.

'방 분위기에 어울리는……'

문득 혼자 중얼거리다 말을 멈췄다.

내가 언제부터 인테리어에 신경 썼단 말인가?

'에이! 그건 나중에 생각하자.'

난 작은 메모장을 만들고 그곳에 짤막한 글을 남겼다.

이 쪽지가 보이나요? 보인다면 놀라지 말아요. 전 우연히 당신의
방에 들어온 사람입니다. 당신도 글을 남겨줄 수 있나요? 참, 제 이름
은 현금입니다. 그렇다고 돈만 밝히는 사람은 아닙니다. 제가 6시간
뒤에 다시 올 테니 저에 대해 궁금한 것이 있으면 글로 남겨주세요.

펜팔의 느낌이 이럴까?

불가능이라고 생각하면서도 내 자신의 정신 이동을 생각해 보면 일말의 가능성도 있어 보인다.

완성된 쪽지가 쑥스러워 찢어 버리고 싶었지만 대화가 가능하다면 이 갑갑한 삶에 활력소가 될 수 있을 거라는 생각에서 결국 놔뒀다.

그녀가 이 글을 읽었으면 하는 기대감에 가슴이 콩닥거린다.

눈을 감았다.

이제는 내 방으로 돌아갈 시간이다.

그리고 내 육체가 날 당기는 느낌에 몸을 맡겼다.

2.
친구를 얻다

　정신 이동시 밀려오는 대상자의 기억에 대한 문제의 해결점은 지금으로서는 딱히 없었다.

　의지로 거부하는 방법이 있겠지만 과연 받아들이는 것과 거부하는 것 중 어떤 것이 나을지는 실험해 봐야 할 문제인 것 같다.

　'됐다!'

　지금까지 시계만 뚫어지게 쳐다보고 있었다.

　3시간 뒤에 간다고 할 걸 후회했다.

　마치 중학교 시절 첫사랑에게 '좋아한다' 고백해 놓고 대답을 기다리는 느낌이었다.

　난 정신을 곽지안의 백회에 두고 정신 이동을 시작했다.

　'아!'

그녀의 방에 들어오자마자 그녀가 나의 쪽지를 봤다는 것을 느꼈다.

괴기 어린 사진들은 모두 사라졌고, 부잣집 아가씨의 방과 같은 느낌으로 바뀌어져 있었던 것이다.

내가 만든 테이블은 그대로 있었다.

그리고 쪽지, 아니, 편지가 놓여 있었다.

재빨리 편지를 뜯었다.

'헐! 정말 펜팔을 할 생각인가?'

아직 편지를 펼치진 않았지만 편지의 두께에 기가 질린다.

당신은 누구죠? 어떻게 이런 일이 가능하죠? 신인가요? 아님, 저승사자?

아니, 누구든 그건 상관없어요. 당신이 날 데리러 온 사람만 아니라면요.

난 지금 죽을 수 없어요. 난 꼭 해야 할 일이 있어요. 그때까진 그곳이 천국이든 지옥이든 갈 수 없어요.

⋯⋯(중략)⋯⋯.

안녕하세요. 전 곽지안이에요. 글의 내용을 유추해 보면 당신은 다른 사람의 정신세계를 오갈 수 있는 능력이 있는 것 같군요.

위에 적은 글은 이해하세요. 사실 당신의 쪽지를 보고 너무 기쁘답니다. 시간도 알 수 없는 이곳에서 살아간다는 게 정말이지 고통이에요.

⋯⋯(중략)⋯⋯.

당신이 절 도와줬으면 좋겠어요. 전 그들에게 복수하고 싶어요. 제발 부탁이에요. 제가 드릴 수 있는 모든 것을 드리겠어요.

당신이 살아 있는 사람이라면 돈도 드릴 수 있어요. 제 재산은 아무도 손댈 수 없게 해뒀어요. 그 악마 같은 놈도 단 한 푼도 만질 수 없죠. 하지만 그 모든 재산을 가질 수 있는 방법이 있어요.

제발! 제발! 절 도와주세요.

곽지안의 편지는 처음엔 광기 같은 것이 보이더니 뒤로 갈수록 차분해진다.

편지에는 상세히 자신이 당한 일이 설명되어 있었다.

그녀의 마음이 충분히 이해가 된다. 나도 암흑에서 미쳤었다.

지금도 미쳐 있는지도 모른다.

그러고 보니 무작정 정신 이동을 할 생각만 했지 무엇을 해야 할지에 대해서 생각한 적이 없었다.

그녀의 편지를 들고 내가 어떻게 해야 할지 생각해 본다.

정신 이동을 한다고 해도 최대 24시간이 내가 상대의 몸에 있을 수 있는 시간이다.

즉, 아무리 내가 무언가를 한다고 해도 결국엔 이 병원의 병실에서 죽게 된다는 것이다.

내가 살기 위해선 내 육체를 다시 움직이게 해야 한다.

과연 가능할까?

무협지와 판타지 소설에서는 전신 마비는 흔한 경우다.

그들은 대부분 고대 무술의 내공으로 이 어려움을 극복한다.

나도 역시 가능할까?

유체 이탈과 정신 이동도 가능한데 그런 무술을 가진 사람이 없을까?

난 깊은 생각에 빠졌다.

지금까지 정신 이동이 주목적이었다면 이제는 정신 이동은 수단이 되었다.

남의 생각을 읽는다는 것은 귀찮음이 아니라 이제는 나의 최대의 무기가 되었다.

목표는 정해졌다.

내공심법을 익혀 이 난관을 극복하는 것이다.

'잠깐! 나 정말 정신세계에 빠져 살더니 바보가 된 건가?'

우리나라 인구수가 5,000만.

하루에 한 번씩 정신 이동을 한다고 해도……

컥! 십삼만 년쯤 걸린다.

그리고 이 병실에 드나드는 사람들은 겨우 10명 안팎.

'아악!'

생각할수록 짜증이다.

중·고등학교 때 공부라도 좀 해둘 것을.

곽지안의 기억을 훑어보면 좀 나을까?

곽지안을 생각하니 비로소 내가 그녀의 정신세계에 들어와 있다는 걸 깨달았다.

난 그녀의 의문에 몇 가지 답을 적어뒀고, 다시 내가 궁금한 점을 몇 가지 적었다.

그리고 2시간 뒤 다시 오겠다는 글을 남기고 내 육체로 이동했다.

곽지안과의 펜팔은 나에게 많은 것을 생각하게 했고, 느끼게 했다.

특히 인간은 인간과 소통해야 비로소 살아갈 수 있는 사회적 동물이라는 말을 이해하게 되었다.

펜팔이라지만 처음 편지처럼 길지 않았다.

짤막한 질문과 답이 오고 가는 정도였지만 하다 보면 시간이 금방 흘러간다는 걸 알 수 있었다.

그리고 또 하나의 중요한 사실을 알게 되었는데 하루에 10번 이상을 들락날락할 수 없다는 것을 알게 되었다.

펜팔의 재미에 반복적으로 오고 가다 강제적으로 튕긴 것이다.

얼마나 정신을 잃었는지 모르지만 그녀의 말로는 간호사가 3번 왔다 갔다고 했으니 대략 12시간 정도가 맞을 것이다.

걸으면 뛰고 싶고, 뛰면 날고 싶다고 했던가?

곽지안과 요상한 펜팔을 하기 시작하니 좀 더 편하게 얘기를 나누고 싶었다.

영체끼리는 혹 텔레파시가 통할까?

아무리 신호를 보내봤지만 헛짓.

결국 그녀에게 유체 이탈에 대해 설명해 줬다.

성공하기까지 얼마나 오래 걸릴지 몰랐기에 한동안 그녀

에게 이동을 하지 않을 생각이었다.

'이번엔 정말 성공한다.'

난 문을 뚫어지게 쳐다보고 있었다. 들어오자마자 바로 정신 이동을 할 생각이다.

곽지안에게 왔다 갔다 이동하다 보니 정신 이동도 실력이 많이 좋아졌다.

이종진과 다르게 영체가 있는 그녀의 머리끝, 백회 바로 위에는 어떤 기운이 느껴졌었다.

그래서 그곳으로 들어간다고 정신만 집중하면 1분도 걸리지 않는다.

드르륵!

'왔다!'

머리끝을 봤다.

간호사의 머리끝의 기운을 느낀다. 그리고 눈을 감고 오직 그 기운만을 느끼며 정신과 주문을 외우기 시작했다.

쓰욱 몸이 나아감을 느껴진다.

곽지안 때와는 또 다른 느낌.

바로 정신세계로 돌입된다.

이질감과 함께 드디어 몸을 차지했다고 생각하는 순간 눈을 떴다.

"커억! 이 망할!"

내가 차지한 몸은 아름다운 그녀가 아니라 내가 곰이라 부르던 간호사의 몸이었다.

설마 순환 근무였던 것이냐?

어마어마한 실망감이 덮쳤지만 진정해야 한다.

비록 내가 원하던 몸은 아니지만 처음으로 움직이는 사람의 몸으로 이동한 것이니 최대한 많은 정보를 모아야 한다.

지금까지완 다르게 어둠도 정신세계도 없다.

그냥 내가 그녀가 된 기분이다.

살짝 움직여 본다.

육중한 다리를 옮기는 것이라 힘들 거라 생각했는데……

역시 힘들다.

마치 며칠 잠만 자다 일어난 몸처럼 둔하고 어색하다.

이리저리 팔다리를 움직이고 침대와 침대 사이의 복도도 걸어본다.

어느 정도 움직이고 나서야 비로소 익숙해지는 느낌이 든다.

"예상보다 힘들지 않는데…… 헙!"

혼잣말에 익숙했는데 앞으론 주의해야겠다.

나도 모르게 큰소리로 중얼거린 것이다.

'몸은 어느 정도 익숙해졌는데 기억은 왜 안 들어오…….'

"윽! 스톱!"

생각과 함께 그녀의 일생이 내 머리로 들어온다.

멈추라는 강력한 의지 때문인지 일순 멈춘다.

그 짧은 시간에 곰의 초등학교 기억까지 들어왔다.

이름은 전혀 어울리지 않는 신미향.

어린 시절은 빼빼 마른 귀여운 꼬맹이였는데 무슨 일로

이렇게 뚱뚱하게 변한…….

윽! 젠장! 다시 흘러들어 오는 기억들.

결국 포기하고 모든 기억을 받아들였다.

아무래도 기억과 관련된 것을 생각하려 하면 들어오는 모양이다.

어차피 오늘은 한 20분 정도 있을 생각이었다.

정신 이동 당한 대상자가 어떤 반응을 보일지도 알아야 했기 때문이다.

손에 들린 장치를 본다.

마치 책처럼 생긴 기계. 내 기억에는 이런 기계를 본 적이 없었다.

하지만 그녀의 기억에는 이 장치의 이름과 사용법, 그리고 이 장치로 그녀가 매일 하는 일을 알 수가 있었다.

밑에 있는 작고 오목한 버튼을 누르자 화면이 떠오른다.

환자의 이상 유무를 체크하는 프로그램인가 보다.

난 재빨리 환자 이름 밑에 있는 이상 없음 버튼을 다다다 눌렀다.

그러다 내 이름이 적힌 곳에서 멈췄다.

이름은 이상할 게 없었다.

문제는 입원일.

내가 기억하기론 분명 2003년 7월에 사고를 당했었다.

한데, 입원일은 2004년 8월.

'다른 병원에 있다가 옮겨진 건가?'

난 내 이름 있는 곳을 눌렀다.

나에 대한 자세한 내용이 나온다.

역시 내 예상대로 사고 당시 목뼈와 척추 뼈가 부러지며 척수가 다친 것이다.

다른 이의 눈으로 나에 대해 보게 되다니…….

열린 창을 신경질적으로 닫았다.

예쁜 연꽃이 배경으로 된 바탕화면이 보인다.

작은 아이콘들.

그리고 날짜……

"지, 지금이 2011년 4월 5일이라고?"

여성의 고음이 내 입에서 터져 나왔다.

하지만 지금은 그게 중요한 게 아니었다.

설마 8년 동안 누워 있었던 건가?

지금까지 생각 못했던 곽지안의 기억과 신미향의 기억을 살펴봤다.

곽지안의 기억은 2008년에서 계단에서 한 남자를 바라보는 것으로 끊겼고, 신미향의 기억은 바로 오늘 할 일에 대해 정리한 업무 일지를 보고 이 방으로 들어오는 기억이 마지막이었다.

그 업무 일지에 적은 날짜가 바로 2011년 4월 5일이었다.

난 내가 누워 있는 침대로 갔다.

침대에 누워서 힘겹게 숨 쉬고 있는 내 모습이 보인다.

지금까지는 단지 아무것도 먹지 못해 말라서 늙어 보인다고 생각했는데 내 나이를 알고 보니 이해가 된다.

어찌할 바를 모르겠다.

정신이 혼란스럽다.

내 상태가 비정상적이어서일까?

무언가가 날 당긴다. 그 힘을 거부하지 않았다.

난 내 육체로 돌아왔다.

"어? 내가 왜 여기에 서 있지?"

신미향은 얼떨떨해 한다.

내가 몸을 차지하고 있는 동안의 일을 기억 못하나 보다.

"이런! 시간이 벌써 이렇게나 됐네. 아무래도 다이어트를 한다고 너무 급작스럽게 밥 양을 줄여서 이런 증상이 생긴 것 같은데…… 조금씩 줄여야겠다."

잠깐 혼잣말을 하더니 후다닥 병실을 나선다.

'크크크! 하하하하!'

사실 충격으로 정신이 혼미했는데 신미향의 말에 웃을 수밖에 없었다.

그녀가 오전에 밥 세 그릇을 삼겹살과 함께 먹는 모습이 떠올랐기 때문이다.

◆　　◆　　◆

'왜? 이제야 나와요?'

유체 이탈을 하자마자 들리는 목소리.

난 곽지안이 있는 곳을 봤다.

영화에 나오는 귀신이나 영혼처럼 투명한 그녀의 모습이

보인다.

'성공했군요.'

'물론이죠. 좀 어렵긴 했지만 나가고자 하는 의지가 중요하더군요.'

'하하! 정말 이렇게 대화가 될 줄이야. 정말 반가워요.'

'저도 반가워요. 그리고 저에게 유체 이탈에 대해 가르쳐 주신 거 정말 고맙게 생각해요.'

그녀는 정말 고맙다는 듯 고개 숙여 인사한다.

'그러지 말아요. 저도 제가 좋아서 한 일이니까요. 사실 대화 상대가 없어 심심해 죽을 지경이었거든요.'

'저도 그 기분 알아요. 처음 그 어둠 속에서…… 정말 끔찍했어요.'

곽지안과는 말이 통했다. 동병상련이라 그런지도 모른다.

그래서일까 마치 친구처럼 편안했다.

이렇게 누군가와 얘기하는 게 8년만인가?

'기분이 안 좋아 보이는군요? 간호사의 정신세계로 가서 안 좋은 일 있었어요?'

'어? 알고 계셨어요?'

'혼잣말 하는 거 다 들었어요. 대략 짐작할 수 있었죠.'

똑똑한 아줌마다.

과거 그녀가 거울을 쳐다보는 기억을 상기하면 정말이지 아름답게 생겼다.

그 의사 남편이 이해가 되지 않을 정도로.

'헤헤! 그냥 충격 좀 받았어요. 제가 사고가 난지 벌써 8

년이 흘렀더라고요.'

'8년이요? 지금이 몇 년도죠?'

'2011년도 4월이요. 어제가 5일이었으니 오늘은 6일이 겠네요.'

'전 3년이 되었군요. 그 기간도 마치 수십 년은 된 것 같은데…… 8년을 어떻게 버티셨어요?'

그녀의 안타까움이 가득한 목소리와 이해한다는 얼굴이 마음의 위로가 된다.

'괜찮아요. 그 암흑의 정신세계에 비하면 지금은 천국이 니까요. 단지…… 어느새 나이를 먹어 버려 좀 그래요. 젊은 시절이 사라져 버렸잖아요.'

'그렇긴 하겠네요.'

우리는 정말이지 오랫동안 얘기를 나누었다.

시시껄렁한 얘기부터 알고 있는 유머까지.

'호호호! 그건 정말 옛날 유머군요.'

'컥! 제가 들었을 땐 최신 유머였다고요.'

'시간을 생각해야죠. 저도 비록 2008년까지밖에 모르지 만 많은 것을 가르쳐 드리죠.'

'잘 부탁드립니다.'

얘기를 하다 보니 8년의 세월이 별거 아닌 것 같다.

하긴, 아직 시작도 안 했다.

내공심법을 가진 사람을 찾아야 하고, 찾는다고 해도 배우다 숨을 거둘 수도 있었다.

최악의 상태를 생각하고 움직여야 한다.

지금은 정신 이동이 가능하다는 것에 감사하며 지내자.

'그런데, 앞으로 어쩔 생각이에요?'

'일단, 내공심법을 찾아볼 생각이에요.'

'내공심법이요?'

'헤헤, 네. 좀 황당하시겠지만 지금으로서는 딱히 생각나는 게 없어서요. 이 몸을 움직이려면 아무래도 소설에서 보던 내공심법이 있어야 할 것 같아서요.'

'호호호, 나쁜 방법은 아니네요. 유체 이탈도 있는데 그거라고 없으란 법은 없죠. 한데, 문제점이 있는 것 같은데요?'

'어떤 문제점요?'

'이곳에 드나드는 사람들이 몇 명 없잖아요. 설령 그들 중 내공심법을 알고 있는 사람이 있다고 해도 어떻게 내공심법을 알아낼 생각이에요?'

그녀가 말하는 사람 찾는 방법은 생각해 본 적이 있다.

사실 어제 그 실험을 해 볼 생각이었다.

다른 사람에게로 정신 이동 후 다시 또 다른 사람에게로의 정신 이동이 가능한지를 말이다.

'음, 그 문제를 사실 어제 연습해 보려고 했거든요. 그리고…… 죄송해요. 다른 사람에게 정신 이동을 하면 그 사람의 기억을 읽을 수 있답니다.'

'……'

일순 놀란 표정의 그녀. 잠시 후 부드럽게 표정이 풀린다.

'괜찮아요. 그럼 저에 대해 잘 아시겠군요.'

'오해는 마세요. 그 사람의 마음이나 생각은 읽을 수 없

어요. 오로지 기억만 읽어요. 아, 죄송해요.'

'어쩔 수 없는 일이었잖아요. 돈을 내세워 금이 씨에게
부탁하려고 했는데 소용이 없겠군요.'

에에? 이건 또 무슨 소리래?

내 표정을 읽은 그녀가 말을 이었다.

'휴~ 생각해 봐요. 제가 그 새끼, 이해해요. 다른 말은
안 나오니까. 그러니까 그 새끼에게 재산을 뺏길까 여러 가
지 방법으로 재산을 묶어뒀어요. 공식적인 재산의 경우에는
제가 죽으면 모두 사회 환원되게 해뒀고, 차명계좌로 만들
어둔 통장은 제가 잘 숨겨뒀죠. 제 기억을 읽었다면 숨긴
곳을 잘 알 테니 그냥 찾아 쓰면 되잖아요.'

난 성인군자는 아니다.

돈을 보면 물론 욕심이 생긴다.

기억하려 하니 그녀가 통장을 어디에 숨겼는지 알 수 있
었다.

하지만, 최소한 내가 아는 사람의 돈을 탐내지는 않는다.

'전 그런 사람 아닙니다. 절대 지안 씨의 돈을 쓰지 않을
게요.'

'그렇게 정색하지 않아도 알아요. 하지만, 사용해도 좋아
요.'

아니, 이 여자가 누굴 놀리나? 왜 이랬다 저랬다 하는 거
야!

자존심이 있지.

'사용 안 할래요.'

'사용해요. 어차피 제가 죽으면 언젠가 나라에 귀속될 돈이니까요. 그리고 복수는 안 해주셔도 되요. 다만, 나중에 내공심법이라는 걸 얻게 되면 그걸 저에게도 가르쳐 주세요.'

'⋯⋯.'

'그리고 무엇보다도 금이 씨의 몸은 8년간 움직이지 않았다는 거예요. 지금부터라도 재활치료를 하지 않으면 아무리 내공심법이라고 해도 재활훈련에 족히 몇 년은 걸릴 거예요.'

틀린 말이 아니다. 은근히 마음이 끌린다.

'고집 피우지 말고 그냥 사용해요. 덕분에 저도 좀 편하게 생활하게요. 돈만 있으면 병실 옮기고 물리치료사를 고용해 최소한 더 이상 근육이 퇴화되지 않게 할 수 있잖아요. 무엇보다도 음악 좀 듣고 싶어요. 이 조용함 이제 지긋지긋하다고요.'

돈은 필요하다,

무엇보다도 돈 주인이 저렇게 부탁하는데⋯⋯.

험! 거절하는 건 예의가 아니다.

'그럼, 잘 쓰겠습니다.'

'천만에요. 부디 저도 버리지 마시고 같은 방에서 지낼 수 있게 해주세요.'

'크! 전 친구를 버리지 않습니다.'

'그렇게 되는 건가요? 앞으로 잘 지내봐요, 친구. 호호호!'

'저야말로요.'

이렇게 난 영체 친구를 한 명 두게 되었다.

◆　　◆　　◆

지안의 돈을 이용하기로 하고 출발에 앞서 몇 가지 준비를 했다.

가장 먼저 한 것은 점핑.

난 정신 이동을 하여 대상자에게 옮겨가는 걸 편의상 점핑이라고 정했다.

점핑을 한 대상에서 다른 대상으로의 점핑은 성공적이었다.

내 몸에서 점핑을 하는 것보다는 다소 시간이 걸린다는 걸 제외하곤 기억을 흡수하지 않고 바로 점핑을 하는 것도 가능했다.

그 와중에 알아낸 것은 바로 내가 이 병원에 8년이라는 시간을 있을 수 있던 이유였다.

고아 출신에 가진 것 없는 내가 월 200만 원이 넘는 병원비를 낼 수는 없다.

내 이름으로 된 모든 재산을 처리한다고 해도 역시 불가능.

의대생들의 실험체가 되거나 소리 소문 없이 사라졌어야 할 내가 살아 있는 이유는 김병우라는 사람이 지금까지 내 병원비를 대고 있었기 때문이다.

내가 다니던 공장 사장님의 이름도 아니었고 내가 아는 사람 중 그런 이름을 가진 사람은 없었다.

그는 누굴까?

내 짐작은 내가 구한 그 아이의 아버지가 아닐까 생각했다. 물론 틀릴 수도 있을 것이다.

하지만 이번에 나가면 반드시 만나보기로 결정했다.

그 다음 준비한 것이 동선. 최대한 빠르게 일을 처리할 수 있도록 곽지안과 많은 얘기를 나누었다.

할 일은 많은데 하루만에 가능할지가 의문이다.

'잘 다녀와.'

'응!'

3살 차이가 났지만 우리는 친구로 지내기로 했다.

드르륵!

점핑 대상자가 문을 여는 소리.

급할 건 없다. 이제는 마음만 먹으면 정신 이동이 가능할 정도니까.

윽! 곰이다.

'호호, 아무래도 신미향과는 무슨 인연이 있나봐.'

'방해하지 마!'

꼭 정신 이동을 하려면 저 여자가 들어온다.

지안의 말마따나 무슨 인연이 있는 건가?

쓸데없는 생각.

난 신미향의 머리끝에 집중했다. 그리고 주문.

영체가 쑤욱 그녀에게로 향한다.

난 신미향의 몸을 차지한 후, 바로 패드형 컴퓨터의 환자 상태에 대해 '이상 없음' 버튼을 눌렀다.

"갔다 올게."

지금 영체로 있는 지안에게 다시 인사를 하고 밖으로 나왔다.

"저녁 근무자들은 갔니?"

동료 간호사에게 물었다. 신미향은 이곳 병동 6명의 간호사 중 선임 간호사를 제외하곤 가장 오래 근무했다.

"아뇨, 아직 옷 갈아입는 중인가 봐요. 커피 한 잔 드릴까요?"

"아니, 괜찮아."

커피를 마실 때가 아니었다. 지금 옷을 갈아입고 나오는 두 사람이 보인다.

선임 간호사와 백윤희. 이미 두 사람에게 점핑을 해 봐서 그 둘의 기억을 가지고 있었다.

하지만, 오늘 일을 편하게 하려면 아무래도 백윤희가 유리하다.

"고생들 해."

"고생들 하세요."

"들어가세요."

"……."

난 정신을 집중하고 주문을 외웠고 백윤희에게로 점핑했다.

"윤희 씨, 왜 그래?"

"……아, 잠깐 어지러워서요. 이제 괜찮아요."

"그래? 많이 피곤했나 보다. 얼른 가서 쉬어."

선임 간호사의 물음에 답한 후, 병원을 빠져나왔다.

"내일 봬요."

"수고하셨어요."

선임 간호사와 헤어지고 병원 앞 꽃집에서 꽃을 산 후 택시를 탔다.

"어서 오세요. 어디로 모실까요?"

"분당추모공원으로 가주세요."

"네!"

백미러로 힐끔거리는 나이 지긋한 택시 운전사.

같은 남자로써 충분히 이해한다.

백윤희는 정말 섹시하다.

얼굴, 몸매 어디 하나 빠지는 것이 없다.

띵동!

메시지다. 명품 핸드백을 열고 스마트 폰을 꺼냈다.

비밀번호는 이미 알고 있다.

가느다란 손가락을 움직여 비밀번호를 입력한 후, 메시지를 확인했다.

—노블레스 호텔 2103호. 어서 와. 식사 준비해 놨어.

백윤희는 병원 의사와 부적절한 관계였다.

그녀의 부적절한 상대는 이 메시지를 보낸 의사뿐 아니라 두 명이 더 있었다.

그녀가 걸친 명품 옷과 액세서리는 그들에게서 나온 돈으로 구입한 것이다.

처음 그녀에게로 점핑을 했을 때 기억을 읽고 왠지 모를 실망감이 들기도 했지만 이해했다.

그녀의 어두운 과거를 잘 알고 있으니까.

—오늘은 힘들 것 같아요. 머리가 많이 어지럽네요.

스마트폰에 익숙하지 않아 겨우겨우 문자를 작성해 보냈다.

띵동!

—(— —;;)

더 이상 문자를 보내지 않았다.

몇 번 더 '띵동' 소리가 들려 결국 전원을 꺼 버렸다.

"허허, 남자 친구와 싸웠나 봐요?"

"아뇨, 그냥 진드기처럼 달라붙는 사람이에요."

"저런! 당장 경찰서에 연락해요. 손님 중에도 그런 일을 당하는 사람들이 많은데 처음부터 따끔하게 혼내지 않으면 안 돼요."

"네."

"아는 분 중 한 분은 글쎄 집 앞까지 와서……."

말씀이 많은 분이다.

하지만 나도 맞장구치며 얘기를 했다.

세상 사는 얘기들과 택시 기사의 어려운 점 등 얘기하다 보니 어느새 목적지에 도착했다.

"아저씨, 저 잠깐 들렀다 다시 서울로 갈 건데 기다려 주시겠어요? 미터기는 켜두셔도 돼요."

"허허, 그럼 나야 좋죠. 다녀와요."

택시에서 내려 곽지안의 기억을 더듬어 그녀의 부모들이 안장된 납골묘로 향했다.

백윤희는 키가 컸다.

그래서 조금 낮은 굽의 하이힐을 신고 있어서 걸을 만했지 정말이지 높은 굽이었으면 걷지도 못할 뻔했다.

여러 종류의 납골묘가 보인다.

모두 아름답게 꾸며져 있었는데 조각품이 서 있는 것들도 있었다.

좀 더 안으로 들어가자 더욱 화려해 보이는 납골묘들이 나타난다.

넓은 공간에 병풍처럼 돌 벽이 서 있고 그 앞에 석조 관처럼 생긴 재단이 있다.

재단 위에는 노부부가 나란히 앉아 서로 기대고 있는 조각품이 있다.

들고 온 꽃을 재단 앞에 두고 잠시 묵념을 했다.

비록 목적이 있어 왔지만 망자의 휴식을 방해하는 것 같았기 때문이다.

유체 이탈과 정신 이동이 가능한데 영혼이 없다고 단정할 수 없었다.

주위를 돌아보니 아무도 없었다.

그래도 모르는 일. 마치 주변의 잡초를 뽑는 것처럼 움직이며 재단의 옆으로 갔다.

재단 옆에는 납골함을 넣을 수 있는 입구가 만들어져 있었다.

홈에 손가락을 넣어 당기자 열린다. 반쯤 열고 안쪽으로 깊숙이 손을 넣어 더듬는다.

'죄송합니다.'

납골함이 손에 걸리자 나도 모르게 사과를 한다.

좀 더 더듬거리자 손에 잡히는 작은 가방.

재빨리 가방을 꺼낸 후, 재단의 입구를 다시 밀어 넣고 일어났다.

"이런."

먼지와 흙으로 엉망이다.

대충 털고 가방 안의 내용물을 확인했다.

통장과 도장, 그리고 카드가 몇 개나 있었고 아무도 손댄 흔적은 없었다.

곽지안이 이곳에 숨겨둔 이유는 간단했다.

그녀의 남편이 장인, 장모의 납골묘에 올 일은 없을 것이라는 생각에서였다.

작은 가방을 백에 넣고 택시 있는 곳으로 갔다.

"아저씨, ○○은행 △△지점으로 가주세요."

"네. 성묘는 잘 끝냈어요?"

"예."

"이런, 흙이 잔뜩 묻었군요. 이 물티슈 사용해요."

"감사합니다."

기사 아저씨가 준 물티슈를 이용해 옷에 묻은 흙을 닦아 냈다.

그리고 조심스레 통장을 꺼내 금액을 확인해 본다.

'큭! 이거 공이 몇 개야?'

하나의 통장에 입금된 금액을 보고 놀랄 수밖에 없었다.

20억. 알고는 있었다. 곽지안의 기억을 읽었으니 당연하다.

하지만 머릿속으로 알고 있는 것과 직접 확인한 것은 전혀 별개였다.

내가 다니던 공장에서 2년간 정말 아끼고 아껴 모은 돈이 2,000만 원이 안 됐다.

한데 지금은 그 수백 배의 돈을 가지게 되다니.

심장이 쿵쾅거린다.

'이 돈이 다 내 것이란 말이지.'

지안은 이 돈을 모두 사용해도 좋다고 했다.

상상의 나래가 펼쳐진다.

좋은 집, 스포츠 카, 수영복 입은 미녀들. 영화에서 보던 화려한 생활들······.

"기분 좋은 일 있어요?"

"아, 예. 잠깐 생각 좀 하느라고요."

"허허, 아까 올 때완 다르게 기분이 좋아 보여서요."

물론, 기분은 날아갈 것 같다.

돈은 충분하니 이제 내 몸만 제대로 치료하면 된다.

하루라도 빨리 내공심법을 얻어야겠다는 생각이 머리를 가득 채운다.

3.
각인을 하다

　은행에 들러 아직 유효기간이 남은 카드로 200만 원을 뽑았다.

　그리고 통장과 카드 모두를 대여 금고에 넣었다.

　내가 가장 걱정했던 은행일과 패드형 컴퓨터 구입은 의외로 쉽고 편하게 끝마쳤다.

　대여 금고를 빌리겠다고 곽지안이 만든 가짜 인물의 이름을 말하자 차장이라는 사람이 나와 편안한 소파가 있는 룸으로 안내했고, 이후에는 일사처리였다.

　곽지안의 얼굴이 붙은 가짜 신분증도 제시했지만 문제될 건 전혀 없었다.

　"앞으로도 저희 은행을 이용해 주십시오. 그리고 밖에서 기다리지 마시고 저를 찾아주십시오."

공장에서 2년간 일하며 은행을 들락거릴 때는 상상도 못 했던 대접이었다.

"혹, 이 근처에 패드형 컴퓨터 살 만한 곳이 있나요?"

"바로 옆에 건물에 살 수 있는 곳이 있습니다. 구매하실 거면 여기서 기다리시죠. 제가 잘 아는 친구들이니 구매해 드리겠습니다."

"감사합니다."

시간이 좀 걸리긴 했지만 소파에 앉아 은행 직원이 가져다준 잡지책을 읽고 있으니 패드형 컴퓨터가 나에게 왔다.

계산을 하고 은행 문을 나설 때까지 내가 움직인 것은 대여 금고에 통장과 카드를 넣을 때뿐이었다.

역시 돈이라는 생각을 하며 기다리는 택시에 올랐다.

"일은 모두 끝났어요?"

"아직요. 일단 이 돈 먼저 받으세요."

"뭘 이렇게 많이…… 감사합니다."

택시의 미터기는 15만 원이 넘게 찍혀 있었지만 난 30만 원을 건넸다. 패드형 컴퓨터가 얼마나 할지 몰라 200만 원을 뽑았을 뿐. 가지고 있어 봐야 소용없는 돈이었다.

아직 할 일이 남아 있어 혹시나 싶어 가지고 있지만 일이 끝나면 백윤희의 지갑에 남게 될 돈이었다.

과거에는 100원짜리 하나까지 챙기던 내가 용됐다.

"어디로 모실까요?"

"화곡동 140—XX번지로 가주세요."

"알겠습니다~"

아저씨는 기분이 좋은지 목소리가 밝다.

화곡동 봉제산 밑에 있는 작은 빌라.

지은 지 오래돼 겉에서 보면 귀신이 나올 것 같은 분위기다.

"나동 203호……"

2층으로 올라가는 계단과 벽은 여기저기 스티커가 붙었다 떨어진 자국들과 벗겨진 페인트로 지저분해 보인다.

펜으로 쓰인 203이라는 숫자가 보이는 철문.

철문에 붙은 초인종을 눌렀다.

딩동!

"누구세요?"

안에서 들리는 아주머니의 목소리.

"여기가 혹시 김병우 씨 댁인가요?"

"맞기는 한데 누구시죠?"

여자 목소리라 그런지 문을 열며 살짝 가재미 눈을 뜨며 물어본다.

'아! 그때 비명을 지르던 아줌마다.'

정신세계에서 이 아줌마의 목을 수없이 졸랐었다. 그래서 또렷이 기억하고 있다.

이 아줌마도 그때보다 많이 나이가 들었다. 많이 마르기도 했고.

"누구세요? 제 남편은 왜 찾아오셨죠? 설마 이 인간이……"

"아뇨, 김병우 씨가 현금 씨의 병원비를 대고 계시죠?"

"아! 그건 그런데 무슨 일로……."

"잠깐 들어가서 얘기할 수 있을까요?"

"들어오세요."

안에 들어가니 휑하다.

거실에는 두 사람의 결혼 사진과 내가 구한 아이의 유치원 졸업 사진이 눈에 띈다.

오래된 TV, 낡은 장판.

마치 과거 나의 옥탑 방을 보는 것 같다.

또 한쪽으로 볼펜 조립 아르바이트를 하는지 박스들이 있고 볼펜들이 책상 위에 수북이 쌓여 있다.

"차는 뭘로?"

"그냥 시원한 물 한 잔 주세요."

거실에 앉아서 기다리자 물을 쟁반에 받쳐 온다. 한데, 아줌마 눈초리가 이상하다.

'헙!'

치마를 입고 양반다리라니.

난 재빨리 다리를 옆으로 해 자세를 바로 했다. 그녀가 준 물을 마시며 쪽팔림을 달래본다.

"집이 많이 엉망이죠?"

"별말씀을요."

"현금 씨 일 때문에 오셨다고 하셨는데 무슨 일이시죠?"

"그전에 한 가지 여쭤봐도 될까요?"

"말씀하세요."

난 다시 물을 마시고 내가 궁금했던 점을 물었다.

"법적으로는 아무 잘못도 없으신데 왜 절, 현금 씨를 도우신 건가요?"

"글쎄요. 별로 생각하고 싶지 않군요."

"아이를 구해준 사람이라 그러신 건가요? 하지만, 넉넉지 않은 살림이신 것 같은데 한 달에 200만 원이 넘는 병원비를 내신 이유가 궁금합니다."

"현금 씨와 무슨 관계시죠?"

"친척입니다. 외국에서 최근에야 돌아왔거든요."

이미 거짓말은 생각해 왔기에 내 대답에는 막힘이 없었다.

"휴~ 그러시군요. 죄송해요. 제 부주의로 젊은 청년을 그렇게 만들었네요."

"……."

"우리 현아를 구해준 것 때문에 병원비를 냈다고 할 수 없네요. 그날…… 그러니까 현금 씨가 사고를 당하던 그날부터 전 지금까지 악몽을 꾼답니다. 날 원망하고 내 목을 조르는 꿈에 매일 밤 몇 번씩 깨죠."

목을 조른다는 말에 잠깐 움찔했다.

하지만 그녀는 가만히 장판을 만지며 고개를 숙인 채 말한다.

"남편과 현아에게는 미안하죠. 7년이 넘게 남편이 벌어오는 돈은 대부분은 병원비로 들어가요. 하지만 남편은 사람이라면 당연한 일이라면서 웃어넘긴답니다. 차라리 저에게 화라도 내면 편할 텐데…… 병원비는 다른 뜻이 아니었어요. 저의 죄의식을 조금이라도 줄이기 위한 이기적인 도움이었을 뿐이랍니다."

고해라도 하듯이 말하던 그녀는 결국 눈물을 떨어뜨린다.

나만 아팠던 것이 아니었다.

눈앞에 있는 이 여자도 나만큼 아파하고 있었나 보다.

"이제는 잊어요. 용서할게요. 아마 현금 씨도 이렇게 말할 거예요. 그리고 당신의 그 마음에 고마움을 느낄 거예요."

"흑흑! 으흑흑!"

흐느끼는 그녀를 보고 아무 말도 할 수 없었다.

다만 속으로 중얼거렸다.

'용서합니다. 그리고 감사합니다. 이제는 잊으세요. 저도 이제 잊겠습니다.'

세상엔 참 나쁜 사람들이 많지만, 울고 있는 이 여자는 착한 사람이다.

그리고 저 사진 속에서 웃고 있는 여자아이를 구한 건 잘한 일이라 나 자신에게 말하고 싶었다.

"죄, 죄송합니다. 초면에 못난 모습을 보였네요. 하지만 이렇게 말하고 나니 정말이지 속이 후련하군요."

"아녜요. 이제 편안히 지내셨으면 합니다."

한결 편안해진 얼굴.

난 내가 온 목적을 말했다.

"앞으로 현금 씨의 병원비는 제가 맡도록 하겠습니다. 그리고……."

"안 돼요! 저를 위해서라도……."

"이제 괜찮을 겁니다. 그리고 지금까지 현금 씨의 병원비로 사용한 금액을 돌려드리고 싶군요."

"그건……."

"현금씨를 위해 그토록 애써 주신 점 다시 한 번 감사합니다. 이제 남편분과 저 아이…… 현아라고 했나요? 현아와 행복하게 사세요."

난 패드형 컴퓨터를 꺼내 인터넷뱅킹으로 접속했다.

"계좌번호는 지금까지 병원으로 보낸 그 계좌로 보내면 될까요?"

나의 단호한 태도에 잠시 망설이던 그녀는 고개를 끄덕인다.

"됐어요. 확인해 보세요. 전 이만 가보겠습니다."

문밖까지 따라 나오는 느낌이 들었지만 난 고개를 돌리지 않았다.

다만 저들 가족이 행복하길 바랐다.

오전부터 같이 다녔던 기사 아저씨에게 추가로 20만 원을 주고 병원 앞에서 헤어졌다.

화곡동에 들렀다 내가 살던 곳으로 갔지만 그곳은 이미 재개발 공사 중이었다.

유체 이탈과 정신 이동 방법이란 책을 찾고 싶었지만

이미 8년이란 세월이 지났기에 이미 반쯤 포기하고 있었다.

하지만, 공사 현장을 보고 완전히 포기하는 수밖에 없었다.

주차장으로 향했다.

백윤희의 차가 주차되어 있었다.

들고 있던 패드형 컴퓨터는 한쪽에 숨겨둔 후, 문을 열고 자리에 앉은 후 의자를 뒤로 젖혔다.

아직 일이 끝나지 않았지만 좀 피곤한 생각이 든다.

창밖으로 적당한 인물이 지나가길 기다린다. 병원 관계자면 곤란했기에 간호사들의 기억을 훑으며 바라본다.

40대 후반, 50대 초반의 중후한 남성.

괜찮아 보인다.

이제 백윤희를 떠날 시간이다.

난 핸드백에서 그녀의 핸드폰을 꺼내 옆자리에 던져 놓았다.

그녀가 정신을 차렸을 때 메시지를 보낸 후 정신을 잃었다고 생각하게 만들기 위해서였다.

정신을 집중하고 중년의 남자에게 점핑을 시도했다.

눈을 떴을 땐 막 차문을 여는 자세였다.

다시 차문을 닫고 백윤희가 있는 곳을 바라보았다.

얼떨떨한 표정.

아마 알아서 추측하고 잃어버린 시간에 대해 납득할 것이다.

병원에 들어가기 전 숨겨둔 패드형 컴퓨터를 들고 잠시

기억을 읽을까 고민해 본다.

좀 피곤한 게 읽으면 그냥 튕길지도 모른다.

하지만 확실히 하려면 읽는 게 좋다.

잠시 고민하던 난 결국 읽기로 결정했다.

결정하자마자 쏟아지는 기억들.

극히 짧은 시간에 중후한 남자의 일생을 본다.

그리고 그의 일생을 본 한마디 소감을 내뱉었다.

"나쁜 새끼!"

기억을 안 읽었으면 큰일 날 뻔했다.

이 자식 이 병원의 이사장이었다. 한데, 정말 돈밖에 모르는 인간이었다.

아니, 돈만 밝히면 그나마 다행. 젊었을 때부터 어지간히 사고를 많이 쳤다.

강간, 폭행, 사기 등. 아주 밟아 죽일 놈이다.

지금도 와이프 몰래 사귀는 여자만 두 명이다.

당장에라도 병원 제일 위층에 올라가 뛰어내리고 싶었지만 할 일이 있어 참는다.

병원으로 들어갔다. 그리고 신경과 과장의 사무실로 갔다.

"헛! 이사장님이 무슨 일이십니까?"

"김 선생, 고생하십니다."

"별말씀을요, 이쪽으로 앉으십시오."

내가 들어가자 놀란 표정의 의사. 곧 사근사근한 표정으로 소파로 안내한다.

그의 행동을 보니 아주 편하게 일을 처리할 수 있을 거 같다.

"한데, 연락도 없이 무슨 일이십니까? 그냥 전화로 하셔도 다 처리해 드릴 텐데."

"그럴 수야 있나요. 오늘 원장님 보러 온 김에 부탁할 게 있어 들렀습니다."

"부탁이라뇨. 편하게 말씀하시죠."

평소 이사장의 성격을 잘 아는지 신경과 과장은 알아서 긴다.

이러한 모습이 신기하긴 했지만 말을 이었다.

"제가 좋은 일을 좀 하려는데 김 선생이 좀 도와주세요."

"……"

헐, 이 아저씨 얼굴에 당혹감을 숨기지 못한다.

이해한다. 내가 차지한 이사장이라는 놈이 어떤 놈인지 누구보다도 잘 아니까.

"나도 어디 가서 자랑할 일이 필요하지 않겠소."

"아!"

그제야 이해하는 얼굴이다.

난 그에게 설명하기 시작했다.

"혼수상태 환자 중 두 명을 선별해 방을 옮겨 재활훈련도 시키고 영양제도 팍팍 넣어주고, 나중에 그들이 깨어나기라도 한다면 방송국도 부르고. 무슨 말인지 아시겠죠?"

"무슨 말인지 잘 알겠습니다. 당장 시행하도록 하겠습니다."

"비용은 내가 전부 부담할 텐데 얼마나 나올까요?"

"돈이 무슨 필요가 있겠습니까? 그냥 경비로 처리하셔도……."

"그럼 안 되지요. 방금 말했잖아요. 비용을 내가 내야 나중에 목에 힘 좀 줄 거 아니요."

"하하! 맞습니다. 역시 이사장님은 탁월하십니다."

참 이 사람도 먹고 살려고 노력한다.

"비용은…… 잠깐만요. 2인실에, 하루 두 번 마사지하고, 서서히 재활훈련을 하려면 일인당 한 500 정도? 아, 아니 350 정도면 가능하겠습니다."

내 눈치를 살피다 금세 가격을 내린다.

"그 정도면 괜찮겠군요. 그럼 매달 계좌이체시킬 테니 내 일부터라도 당장 시행해 주시오."

"알겠습니다."

"혹, 환자 명단을 볼 수 있을까요? 제가 두 명을 정해야 하지 않겠습니까?"

"물론이죠."

패드형 컴퓨터를 가져온 신경과 과장은 명단을 보여준다.

"여기 현금이라는 환자와 곽지안이라는 환자가 좋겠군요. 아무래도 젊은 사람들이 더 좋겠죠."

"하지만 그들은 척수를…… 네네, 젊은 환자가 좋겠죠."

눈썹을 살짝 움직였을 뿐인데 또다시 말을 바꾼다.

난 병원 통장으로 자동이체를 신청했고 몇 가지 요구 사항을 더 말했다.

"물론이죠. 진즉에 그렇게 했어야 하죠."

"내 김 선생이 이번에 제대로 신경 써주면 절대 잊지 않겠습니다. 그리고 이 일은 절대 비밀로 하셔야 합니다. 혹 다시 저와 보시더라도 절대 모른 척해 주세요."

"네네! 절대 모른 척하겠습니다. 혹, 그들이 깨어나면 그때 연락드리겠습니다."

"참, 두 사람을 병실에 옮기거든 이것을 그들이 있는 방에 놔두세요."

"예?"

"음악도 듣고 하려면 필요하지 않겠어요? 그 두 사람을 위한 제 선물이라고 생각하세요."

약간의 억지였지만 이사장의 말이라 그런지 아무 의심 없이 받아 든다.

"이번 일은 제가 꼭 기억하고 있겠습니다."

다시 한 번 약간의 긴장감과 기대감을 던져 주고 방을 나와 차로 향했다.

문을 열고 아까와 같은 자세를 취했다.

이제는 나의 육체로 돌아가면 된다.

하지만 이 나쁜 놈을 그대로 보내자니 화가 난다.

뭐, 기회가 이번만 있는 것은 아니니까.

난 눈을 감고 내 육체로 돌아가고자 마음을 먹었다.

그 순간, 알 수 없는 힘이 날 당긴다.

지안이 결과를 기다리고 있겠지만 잠시 쉬어야겠다.

피곤한 하루였다.

◆　　◆　　◆

　내가 정신세계 속 쪽방에서 눈을 뜨면서 가장 먼저 들은 소리는 꽤나 즐거운 댄스음악이었다.

　별빛달빛을 반복적으로 부르는 아름다운 목소리.

　최신가요인가?

　잠시 정신을 집중해 유체 이탈을 시도했다.

　'기다리는 사람 생각도 해야 하는 거 아냐?'

　전혀 기분 나쁜 얼굴이 아니다.

　'미안, 너무 피곤했나 봐.'

　'일이 잘된 것 같으니 용서하지. 그나저나 심심했어. 어제 있었던 일이나 자세히 얘기해 줘.'

　어제 있었던 일을 얘기하며 주위를 돌아봤다.

　신경과 과장이 꽤나 신경을 썼나 보다.

　2인실로 나란히 지안과 누워 있고, 채광이 꽤 잘되는 병실이다.

　또한, 벽면에는 큰 TV가 달려 있다.

　물론, 지금은 무용지물이지만 나중에 TV도 켜놓으라고 말을 슬쩍하면 될 일이다.

　내가 맡겨놓은 패드형 컴퓨터에서는 음악이 흘러나오고 있다.

　꽤나 귀에 거슬리는 음악도 있었지만 예전과는 비교할 수도 없는 호사였기에 불만은 없다.

'……그래서 문을 열어놓고 내 몸으로 돌아왔어. 이게 끝이야.'

'무슨 얘기를 그렇게 재미없게 해? 너도 어지간히 여자에게 인기 없겠다.'

'무, 무슨 소리. 나 좋다는 여자들이…… 얼마나 많았는데.'

'퍽이나 그랬겠다.'

눈치가 백단이다.

'그나저나 이 병원 이사장이 그 정도로 망나니였어?'

'응! 얼마나 화가 나던지 병원 옥상에 가서 뛰어내리려고 했다니까.'

'그럼, 재미가 없지. 가령, 그와 관련된 세 여자를 한자리로 불러내거나 그가 숨겨둔 비자금을 숨겨 버리던지. 좋은 방법들 많잖아.'

'……'

'그런 인간들은 서서히 말려 죽여야 재밌는 거야.'

독한 것 같으니라고.

나처럼 깔끔하게 처리해야지.

음, 생각해 보니 나쁜 방법 같지는 않다.

놈이 숨겨둔 비자금이 어디 있는지 아니까 꿩 먹고 알 먹고인가?

'이제 어쩔 셈이야?'

'그러게. 내공심법이 있는 사람을 찾아야 하는데 고민이다.'

'뭐가?'

'우리나라 인구만 5,000만 명이야. 하루에 10번씩 점 핑을 한다고 해도 만삼천 년이 넘게 걸려.'

'에휴~ 넌 공부 좀 해야겠다.'

이게 또 무슨 얘기를 하려고.

'만일 네가 대통령을 만나려고 해. 그럼, 너 주위 사람들 모두의 인맥을 이용한다고 할 때 몇 단계나 거쳐야 할 것 같 아?'

'글쎄? 만날 수나 있을까? 난 고아에 친인척이 없다고 말했잖아.'

'너 공장 다닐 때 사장도 있고 너와 궁합이 잘 맞는 신미 향 간호사도 있잖아.'

'됐거든! 그 곰 얘기는 그만하지. 난 너처럼 예쁜…… 험. 나도 눈 높단 말이야.'

그동안은 멀리 떨어져 지안의 영체를 봤었다.

하지만 바로 옆에서 바라보니 정말이지 예쁘다.

내가 그 의사였으면 물고 빨고 난리가 났을 텐데. 쩝!

'예를 든 거잖아. 어쨌든 그런 식으로 만나가면 4번 정도 면 대통령을 만날 수 있어. 나라면 한 단계만 거치면 대통 령을 만날 수 있지.'

지안의 말은 공장 사장이 아는 사람 중, 경찰서장이나 청장 이 있을 수 있다. 그럼, 그 경찰서장이 아는 사람 중 판, 검 사가 있을 수 있고, 그 판, 검사 중에 대통령과 학연이든 지 연이든 혈연으로 관련된 사람이 있을 수 있다라는 의미였다.

그녀가 무슨 말을 하는지 알게 되었다.

'이제 알겠어?'

'응! 고마워.'

'아직 모르는 것 같은데? 어떻게 만날지 말해봐.'

정말 날 무시하는 것 같다. 아름다운 영체라서 용서한다.

'점핑을 해서 기억을 읽는다. 그리고 그 사람과 관련된 인물 중 무술과 가장 가까운 사람을 만나 점핑을 한다. 이렇게 하면 되잖아.'

'휴~'

지안은 세상 무너질 듯 한숨을 뱉는다.

아놔~ 왜 그러는 건데?

'그냥 내가 설명할게. 우리나라 기업 총수들이나 정치인 중 제법 유명한 이들에게 점핑해. 그리고 그들의 기억을 읽는 거야. 아마 네가 찾는 사람이 존재만 한다면 빠르면 며칠 안에 늦어도 일 년 안에 찾아낼 수 있을 거야.'

지안의 말을 듣고 있으니 공부를 해야겠다는 욕구가 생겨난다.

그냥 공부가 아니라 인생 공부 말이다.

얼마 전과 비교할 수 없이 행복한 생활이다.

해가 뜨면 햇볕이 드는 안락한 방과 잔잔하게 흘러나오는 음악.

기존에 음식 대신 먹던 링거액도 꽤 고급 링거액으로 바뀌었고 틈나는 대로 간호사들이 와 이상한 주사도 한 방씩

놓고 갔다.

그리고 하루에 두 번 물리치료사가 들어와 나와 지안의 몸을 열심히 움직여 준다.

단 이틀이었지만 얼굴 땟깔이 좀 달라져 보인달까?

'눈 돌리지 마.'

자꾸 눈이 가는 걸 어떻게 해!

말을 하고 싶었지만 못했다.

방금 전 나의 물리치료가 끝나고 지안의 물리치료가 시작되었는데 이게 상당히 야하다.

물론, 3년간 빼빼 마른 지안의 몸매가 어디 볼 것이 있겠느냐마는 영체의 모습과 겹쳐 보면 꽤나 훌륭한 볼거리다.

'너도 내 모습 다 봤잖아!'

난 억울하다는 듯이 외쳤다.

'남자와 여자 다른 거야. 여자에겐 숨기고 싶은 비밀이 있거든.'

그놈의 비밀 타령은.

물론, 보기 싫은 모습도 있다.

특히, 소변 배출 통로를 확보할 때는 난 항상 고개를 돌렸다.

"응차!"

이 병원에는 여자 물리 치료사가 없나 보다.

지금 지안의 몸을 이리저리 움직이고 있는 사람은 신미향이었다.

'신미향 씨도 살만 빼면 꽤나 예쁜 얼굴인데 말이야.'

'응, 예전에 꽤 예뻤어.'

난 뒤로 돌아선 채 말했다.

'그래? 무슨 일이 있었던 거야?'

'왜, 무슨 일이 있었다고 생각하는 건데?'

'여자는 민감하거든. 그래서 상처받기가 쉬워.'

'그게 설명이 된다고 생각하는 거야?'

말은 이렇게 했지만 지안의 말은 정답이었다.

신미향은 남자에게 배신당한 후, 폭식증에 걸렸다.

그까짓 남자 뻥하고 차 버리고 쿨하게 잊어야지 어지간히
바보다.

꼬치꼬치 캐묻는 지안.

'그놈은 뭐하는 놈인데?'

'그냥 직장 다니는 사람. 단지, 그 회사 사장 딸과 결혼
했어.'

'하여간 그런 놈들은 물건을 잘라 버려야 하는데 말이
야.'

움찔!

'왜 니가 움찔대? 너도 혹시?'

'아, 아냐! 난 지금까지 여자와 사귀어 본 적도 없었어.'

'오호~ 인기가 엄청 많았다며?'

'……'

'알아, 알아. 인기와 사귀는 건 별개라 말하고 싶은 거
지? 퍽이나.'

하여간 말을 못하게 하는 재주는 타고 났다.

'혹시 살을 빼라거나 많이 먹지 말라거나 그런 암시는 못 심는 거야?'

생각해 본 적 없는 일이었다.

가능할 것 같은 느낌. 하지만 문제가 없는 건 아니었다.

'점핑을 하면 그냥 그 사람이 되는 것뿐이야. 너에게 점 핑했을 때완 다르다고.'

'어떻게 다른데?'

'글쎄……?'

사실 생각해 본 적이 없었다.

지안에게 들어갈 때는 분명 내 몸에서 유체 이탈한 상태 처럼 된 후, 몸과 일체화를 시도했다.

한데, 표현이 이상하지만 살아 움직이는 사람들에게 점핑 할 때는 유체 이탈한 상태를 지나치고 바로 일체화에 들어 간다.

내 설명에 지안은 점핑 후 유체 이탈을 시도한 후 다시 일체화해 보란다.

될까라는 의문이 들긴 했지만 눈앞에 뚱뚱한 실험체가 있 으니 바로 점핑을 시도했다.

약간의 이질감 후 일체화가 되어 눈을 떴다.

"허억!"

신미향은 막 지안의 두 다리를 들어 구부렸다 폈다를 반 복하고 있었다.

'당장 눈 안 돌려!'

보이지도 않는 지안이 외치는 소리가 들리는 듯했다.

최대한 얌전히 그녀의 다리를 침대에 내려놓고 병실 한쪽에 있는 간이침대에 신미향의 몸을 눕혔다.

유체 이탈을 했을 때 그녀가 쓰러지면 난리가 날 것 같아서였다.

머리끝에 집중을 하고 양 눈의 중심 30cm 앞으로 나아간다 생각했다.

처음 내 몸에서 빠져나올 때보다 힘들다.

얼마나 했을까? 쑥 앞으로 나아가는 느낌.

'왜 그렇게 오래 걸렸어?'

'그러게. 내 몸에서 빠져나오는 것보다 훨씬 힘들어.'

'시간 없어. 얼른 들어가 봐.'

'들어가서 정신세계면 어떻게 해야 해?'

난 여자에 대해 모른다.

아니, 아는 남자들은 결코 많지 않을 것이다.

'남자에 대한 복수.'

눈을 번뜩이며 말하는 지안.

인상이 자연스레 찡그려진다.

'넌 어째 말만 나오면 그렇게 섬뜩하냐? 막장드라마 인어아줌마에 나오는 복수의 화신이냐?'

'신미향은 결코 복수할 스타일이 아니야. 그리고 내가 말하는 건 내가 멋쟁이가 되어 날 버린 걸 후회하게 만들 거야라는 복수를 말하는 거야.'

아니다. 지금 말하는 건 가식이다.

조금 전 말할 때는 분명 엄청난 복수를 하라는 말이었다.

난 다시 신미향과 일체화에 들어갔다.

일체화라는 단어 자체가 조금 기분이 나쁘다.

'됐다!'

여전히 적응 안 되는 암흑.

일단 방을 만들었다.

지안의 방만큼 크고 화려하게 만들었고, 그녀의 전 남자친구가 여자들과 노는 사진들을 4면에 빼곡히 붙여 넣었다.

그리고 그 위에 '다이어트', '멋진 모습으로 바뀌어 복수', '운동' 등 그녀에게 자극이 될 만한 글을 붉은색으로 썼다.

또 한 가지 쓴 것은 기억상실에 대해 신경 쓰지 말라는 글이었다.

앞으로도 신미향의 몸을 자주 이용해야 하는데 지금처럼 다이어트의 부작용으로 생각하면 좋지만 혹, 다른 생각을 가질지 몰라서 해둔 안전장치였다.

마지막으로 그녀의 과거 모습을 방 한가운데 조각상처럼 만들었다.

'좀 아닌데?'

신미향이 과거에 꽤 예뻤다는 말이지 곽지안이나 백윤희처럼 아름답거나 섹시하진 않았다.

자극을 주려면 좀 부족하다 싶어 곽지안의 얼굴을 아주 살짝 섞었다.

그래도 부족해 보인다.

좀 더 섞었다.

몇 번 그렇게 하고 나니 조각상이 아예 지안의 얼굴로 바
뀌어 있었다.

'뭐, 자극을 주자고 한 일이니까.'

그렇게 스스로 위안을 삼고 내 육체로 돌아간다.

4.
암천회

　백윤희의 몸을 다시 빌렸다.

　내가 외출을 한 날 이후의 기억을 읽어보니 의사와 약간
의 말다툼은 있었지만 아무 일없이 넘어간 모양이다.

　이번엔 조심스레 차까지 끌고 왔다.

　공장에서 일할 때 운전면허가 필수라 따놓기는 했지만 딱
히 운전해 본 적은 없었다.

　몇 번의 실수가 있었지만 차문을 내리고 사과를 하면 대
부분 잘 해결되었다.

　역시 이 세상은 돈, 미모 따위로 좌우되는 곳이었다.

　기업의 총수가 일찍 출근한다고 해서 기다리고 있는데 도
대체 올 생각을 안 한다.

　아무래도 도로에 비상등을 켜고 너무 오래 있을 수 없다.

일단 경비원으로 보이는 두 사람 중 한 사람에게 점핑을 해야겠다.

그전에 잠시 할 일이 있다.

난 백윤희의 몸에서 유체 이탈을 했고 다시 일체화했다.

신미향에게 했던 것처럼 백윤희의 정신세계에 방을 만들었고, 몇 가지 작업을 했다.

자신을 소중히 하라는 것과 기억상실에 대해 신경 쓰지 말라는 것이었다.

그리고 정문에서 서성이는 경비원 중 좌측 사람에게 점핑했다.

먼저 그의 기억을 읽었다.

고통이 일어났지만 마음의 준비를 하고 있어서인지 버틸 만하다.

김칠현. 경호팀 소속.

특수부대 출신으로 꽤나 험한 생활을 하다 경호팀장의 눈에 띄여 취업한 인물이었다.

그가 마지막으로 생각한 것은 정문 근처에 내가 주차해 놓은 차에 관한 것이었다.

난 김칠현의 몸을 움직여 백윤희의 차로 갔다.

창문을 두드리니 얼떨떨해 하고 있는 그녀가 보인다.

"괜찮으십니까?"

모른 척 물었다.

"아, 예. 제가 요즘 왜 이런지 모르겠군요. 여긴 어디죠?"

"여기는 삼행그룹 본사 앞입니다. 많이 피곤하셨나 보군요?"

"아무래도 그런가 봐요."

"여기 있으시면 저희가 곤란합니다. 우측으로 들어가는 길에 주차장이 있으니 피곤하면 그곳에서 쉬시고 가십시오."

"아뇨. 배려에 감사해요."

차를 몰고 멀어져 가는 그녀의 차를 바라본다. 멀쩡한 사람을 자꾸 이상하게 만드는 것 같아 조금 미안하기는 하다.

─누구의 차량인가?

귀에서 들리는 소리에 상념을 깼다.

"피곤한 사람이 잠깐 피곤을 푼다고 주차를 한 모양입니다."

─좋아. 계속 수고.

"예, 선배님."

사람의 기억을 읽는 것도 요령이 생겼다.

일단, 기억 전송이 모두 끝나면 가장 최근 기억부터 더듬어 본다.

그럼, 이 사람이 현재 뭘 하는지 어떤 상탠지 등이 간단히 나온다.

그리고 다시 거꾸로 대략 한 달간을 본다.

이 사람으로 행동하기 적당하다고 생각할 때 본격적으로 내가 원하는 정보를 검색한다.

실제 평생 기억이라고 해도 하루하루 밥 먹고 양치하고 하는 기억은 나에게 전송이 안 된다.

특별한 기억들만 나에게 들어온다고 할까?

가령, 김칠현의 기억 중 군대에 관한 기억은 훈련소 시절 힘든 기억과 중간에 여자 친구와 헤어진 일은 또렷하지만 다른 기억은 흐릿하다.

물론, 알려고 하면 더 많이 알 수 있지만 그건 내 영체의 힘을 약하게 할 뿐이었다.

"수고들 하십니다."

출근하는 회사 직원이 인사를 한다.

가볍게 고개를 끄덕일 뿐이다. 인사를 받다가 생긴 요령이다.

처음엔 일일이 인사를 한 모양인데 출근하는 이들이 한두 명이 아니니 자연스레 바뀐 것이다.

가만히 서 있는 것도 곤욕이다.

무릎이 아프다.

본격적인 출근 시간이 되자 엄청난 인원들이 들어온다.

그 시간도 지나갔다.

이제 슬슬 점핑을 해야 한다. 점핑 대상자의 기억상실의 공백이 크면 스스로 이유를 납득하지 못할 수도 있기 때문이다.

―차장님 도착!

기회다. 응? 근데 차장? 차장한테 무슨 경호씩이나 재빨리 기억을 검색한다.

이남호. 삼행그룹의 후계자. 삼행건설에서 차장으로 근무 중.

이해가 됐다.

드라마에 나오는 실장님 같은 분류다.

평범해 보이는 인물이 차도 타지 않고 다가온다.

그 뒤로 두 명의 경호원이 뒤따르고 있다.

그런데 그들의 눈빛이 심상치 않다.

그들에 대한 정보는 그냥 회장 일가를 보호하는 경호원이라는 것뿐이다.

난 이남호의 머리끝을 보며 정신을 집중했다.

'나아간다, 나아간다, ⋯⋯.'

점핑 성공!

이남호와 일체화가 되었을 때 들리는 낮은 목소리.

"괜찮으십니까?"

"예, 어제 저녁에 책을 읽는다고 좀 늦게 자서 그런가 봅니다."

이남호의 기억엔 내 옆에서 날 부축하듯이 잡고 있는 경호원은 함부로 할 상대가 아니었다.

"그러시군요."

다시 본래의 자리로 돌아가는 그.

난 걸음을 옮기며 재빨리 기억을 훑기 시작했다.

오늘 이남호가 이곳에 온 이유는 삼행건설 문제로 그룹 이사이자 삼촌을 만나러 왔다.

일단 기억을 읽고 이해할 시간이 필요했다.

"머리가 좀 어지럽군요. 잠깐 쉬었다 이사님을 뵈어야겠어요."

엘리베이터를 타고 올라가다 고개를 흔들며 말했다.

"그러시죠. 물이라도 갖다드릴까요?"

"네."

31층의 휴게실 소파에 머리를 기댄 채 이남호의 기억을 차분히 정리해 본다.

아주 깔끔하게 정리되는 인생이다.

이남호는 생의 대부분을 교육받는데 보냈다. 아니, 지금도 삼행건설에서 그룹 후계자로 교육받고 있는 중이다.

가진 재산과 앞으로 물려받을 그룹을 생각하다면 행복해 보일지 몰라도 개인적인 생각으로는 참 심심하고 재미없는 삶을 살고 있는 사람이다.

내가 할 말은 아니지만 한편으론 불행한 인생처럼 보인다.

특이한 점은 그를 수행하고 있는 경호원들.

그의 어버지인 삼행그룹 회장이 붙여준 인물들이었고, 그들에게 함부로 하지 말라는 얘기를 들었다.

'이들에 대한 더 많은 정보가 필요하다.'

그 순간 아주 짧은 영상이 다시 머릿속으로 들어온다.

그들이 무예를 연습하는 장면.

마치 중국 무협 영화를 보는 것 같다.

인간의 키를 훌쩍 뛰어넘고 꽤 먼 거리를 단숨에 도약하여 날아오르는 것이 보인다.

'이들이다!'

가슴이 뛴다.

지안의 말은 틀리지 않았다.

너무나 쉽게 무술의 고수를 발견한 것이다.

물론, 그들이 내공심법을 가지고 있는지는 점핑을 해 봐야 한다.

더 이상 이남호의 기억엔 그들에 대한 정보가 없었다.

"물 드시죠."

"고맙습니다."

물을 건네받아 마시며 두 사람의 경호원을 본다.

느낌상 물을 갖다준 사람, 금두환이 아랫사람 같다.

무술 연습하는 장면에서도 가만히 서서 경호를 서고 있는 차영호가 더 강해 보였다.

점핑할 상대로 더 강해 보이는 차영호를 골랐다.

바로 점핑을 하려다 잠시 엉뚱한 생각이 들었다.

그리고 점핑이 아닌 이남호의 정신세계로 들어갔다.

방을 만들었다.

'뭐가 좋을까? 그래! 그게 좋겠다.'

방에 뭘 각인시킬까 잠시 고민하다 세 가지 문장을 벽에 가득하게 도배했다.

—아버지에 대한 두려움을 버려라.

—내가 좋아하는 일을 하자.

—노블리스 오블리주를 가지자.

즉흥적인 생각이었다.

그가 아버지에 대해 두려움을 가지고 있어 스스로 하고픈 것도 못하고 지내는 것이 좀 불쌍하게 보였다는 점과 개인적으로 부자들이 가졌으면 하는 생각을 각인시킨 것이다.

이렇게 정신세계에 방을 만들고 각인시키는 것이 어떻게 될지 모르는 일이지만 한 번이라도 생각해 보라는 뜻에서 한 일이었다.

난 눈을 뜨고 차영호의 머리끝을 바라보고 주문을 외웠다.

느낌이 좀 이상하다.

그의 머리끝에 느껴지는 홀이 마치 무언가로 막혀 있는 것 같다.

난 그 막힌 벽을 뚫고 들어가고자 했다.

하지만 쉽지 않다.

'후~ 무술의 고수는 원래 이렇게 힘든가?'

오기가 생겼다. 그리고 다시 시도했다.

막고 있는 벽을 의지로 계속 두드려 본다.

그도 이상함을 느꼈을까?

잠시 주위를 두리번거리다 나에게 시선을 돌리고 묘한 표정으로 바라본다.

그 순간 벽에 약간의 구멍이 생긴다.

'됐다!'

난 그 구멍을 향해 더 많은 힘을 쏟았다.

순간 뻥 뚫린 벽. 이제 점핑이다.

한데, 그 뚫린 구멍이 빠른 속도로 메워진다.

이미 나아가는 느낌이 들었다.

이러다 벽에 부딪치는 것 아닌가라는 생각이 퍼뜩 들었지만 이미 늦었다.

쑤우욱~~~

다행히 구멍을 통과하는 느낌이 든다.

하지만, 지금까지 느껴본 적이 없는 강한 이질감.

'젠장! 정말 힘들군.'

다른 사람들보다 일체화하는 게 몇 배는 힘들다.

하지만, 이미 몸 안에 들어온 이상 시간문제일 뿐이다.

"응? 제가 왜 여기 누워 있는 거죠?"

"아까 몸이 좋지 않다고 하셔서 잠깐 쉬신다고……."

이남호와 금두환이 대화하는 소리가 들린다. 빨리 일체화
가 되어야 할 텐데.

"시간이 벌써 이렇게…… 이사님이 기다리고 계시겠군요.
서두르죠."

"네."

이사실로 움직이던 둘이 내가 움직이지 않자 의아한 듯
쳐다본다.

'움직여! 움직여!'

"사형, 뭐하세요?"

금두환이 다가와 속삭인다.

이거 다음을 기약해야 하는 거 아닌지 모르겠다. 급속도
로 피곤해진다.

"사형?"

"괜찮다. 차장님 죄송합니다. 잠깐 딴생각하느라……."

다행히 그와 일체화를 이뤘다.

기억을 읽어 들이며 이남호의 뒤를 따른다.

"여기에서 기다리세요."

"예."

이사실로 들어가는 이남호에게 인사를 하고 문 앞에 선다.

차영호의 삶은 이남호와 비슷했다.

이남호가 후계자 수업을 평생 받았다면 차영호는 무술 수련에 평생을 바친 이였다.

문제는 그의 기억 중 많은 부분을 볼 수가 없다는 것이다.

'찾았다!'

선도법(仙道法).

그가 어린 시절부터 꾸준히 해오던 호흡법으로 정기신(精氣神) 삼단 즉, 상·중·하단전을 고루 활성화시킬 수 있는 일종의 내공심법이었다.

난 선도법에 대해 기억을 더듬기 시작했다.

수련 방법에 관한 정보들이 들어온다. 그러다 두 개의 단어가 떠오르며 또다시 기억이 이어지지 않는다.

'응? 암천회(黯天會)? 노사(老師)?'

아무리 그 두 단어를 반복해도 반응이 없다.

단어를 유추해 보면 뭔가 있을 것 같은 분위기.

하지만 나에게 필요한 내공심법을 얻었으니 더 이상 이곳에 있을 필요가 없다.

그냥 떠날까 하다 이남호에게 했던 것처럼 방을 만들고 몇 가지를 각인시키고자 했다.

한데 이거 만만치가 않다.

겨우 방을 만들고 나니 내 육체가 날 당기는 느낌이 든다.

빈방만 남겨놓고 가기가 아쉬웠지만 각인시키다 영체가 다칠까 싶어 포기하기로 했다.

지금까지 잡고 있던 긴장을 풀며 내 육체로 돌아가길 바랐다.

차영호의 눈으로 바라보던 복도의 풍경이 희미하게 사라져 간다.

◆　◆　◆

"정신 이동자……."

"사형, 무슨 말이에요."

"아무것도 아니다."

차영호는 정신을 차리자마자 정신을 잃기 전의 상황을 생각해 본다.

분명 자신은 이상한 느낌이 들어 이남호를 바라보다가 정신을 잃었다.

한데 정신을 차려보니 이남호는 이사실로 들어가 있는 상태.

자신의 사부에게서 정신 이동자에 대해 듣지 못했다면 잠시 졸았다고 느꼈을 상황.

만일 그의 생각이 맞는다면 지금 당장 자신의 사부에게 연락을 해야만 했다.

이건 보통 일이 아니었다.

"다 됐습니다. 회사로 가죠."

이사실의 문이 열리며 이남호가 나온다.

"이 차장님, 한 가지 물어봐도 되겠습니까?"

"예, 말하세요."

복도를 걷던 이남호가 걸음을 멈추고 돌아선다.

"혹시, 아까 기억을 잃지 않으셨습니까?"

"네? 아! 소파에서 쉴 때 말이군요."

"예. 좀 자세히 설명해 주시겠습니까?"

이남호는 생각하려 해 봤지만 설명할 것이 없었다

"설명하고 말 것이 없군요. 그냥 잠깐 존 것 같은 느낌일 뿐이었습니다."

"그럼, 아까 회사에 들어오기 직전 쓰러지려고 했던 것은 기억에 나십니까?"

"그랬었나요? 아마 그때 정신을 잃었나 보군요. 그때부터 기억이 나지 않는군요."

차영호는 자신의 생각이 틀리지 않았음을 알 수 있었다.

아까 전의 상황을 재생하듯이 머릿속에 그려본다.

그 경호원!

경호원 한 명이 잠깐 얼떨떨한 표정이었던 것이 생각난다.

"사제, 차장님 모시고 차에 가 있어. 난 잠깐 들렀다 바로 갈게."

"알겠습니다."

대답은 했지만 금두환은 오늘따라 좀 이상한 차영호를 바라본다. 하지만 차영호는 엘리베이터로 급하게 뛰어갈 뿐이다.

"오전에 입구에서 근무를 서던 친구가 누굽니까?"

급하게 상황실로 달려온 차영호는 책임자에게 다짜고짜 물었다.

잠시 당황하던 책임자는 곧 그가 누군지 알고 대답한다.

경호팀에서도 극비에 속하는 이들.

그룹의 중요 인물들은 모두 이들이 경호했다.

비록 자신이 경호팀 책임자라곤 하나 저들에 대해서는 어떤 명령도 할 수가 없었다.

"추승교과 김칠현 경호원입니다. 혹, 그들이 무슨 실수라도……."

"아닙니다. 단지 묻고 싶은 것이 있어 그런 것뿐입니다."

약간 긴장한 얼굴의 책임자를 보던 차영호는 자신이 너무 성급했음을 깨닫고 말을 부드럽게 했다.

"두 사람은 경호팀 휴게실에서 쉬고 있을 겁니다. 희열아, 이분 휴게실로 안내해 드려라."

"예! 저를 따라오십시오."

오전 근무를 섰던 두 사람은 잠깐 잠을 청하고 있었다.

그중 한 명이 아까 이상한 행동을 보인 경호원이었다.

"잠을 방해해서 미안합니다. 혹시 오전 근무할 때 뭐 이상한 점 없으셨습니까? 가령 잠깐 졸았다거나……."

"저, 그게…… 그러니까……."

김칠현은 뜨끔한 표정으로 말을 얼버무렸다.

괜찮은 직장인데 혹 불이익을 당할까 하는 생각에서였다.

"결코 무슨 문제가 생겨서 이러는 게 아닙니다. 불이익도 없을 겁니다. 다만 아까 조금 이상해 보여 묻는 것뿐입니다."

차영호는 김칠현의 표정으로 그의 마음을 알고 부드럽게 그에게 말했다.

"아, 제가 본사 한쪽에 서 있는 차량 때문에 고민을 하다가 잠깐 졸았나 봅니다. 깨고 나니 차장님이 들어오고 계시더군요."

"혹시, 그 차량 번호나 안에 있던 사람 기억하십니까?"

"글쎄요? 그 차량에 가서 뭐라 하기 전에 잠든 것 같은데요."

"멍충아! 아까 너 차량에 가서 차 빼라고 하고 왔잖아."

옆에 있던 추승교가 끼어든다.

"그랬나요? 잘 기억이 안 나네요."

머리를 긁적이는 김칠현에게 인사를 하고 나서는 차영호의 얼굴은 딱딱하게 굳어 있었다.

'역시 정신 이동자가 확실해.'

혹 오전에 주차되어 있던 차량에 대한 기록이 남아 있을까 해서 상황실에 가서 봤지만 차량 종류만 알 뿐 번호는 알 수가 없었다.

상황실에서 나온 차영호는 어디론가 전화를 걸었다.

"사부님, 저 영호입니다."

그의 말에 수화기 건너편에서 나이 지긋한 노인의 음성이
들려온다.

—그래, 이 시간에 무슨 일이냐?

"오늘 정신 이동자가 저와 이남호에게 들어온 것 같습니
다."

—뭐라고! 정신 이동자? 자세히 말해보거라.

놀란 노인의 목소리에 차영호는 오늘 있었던 일에 대해
자세히 설명하기 시작했다.

◆　◆　◆

제계 5위의 성정현 회장은 어제 받은 메시지 때문에 오늘
저녁에 있는 러시아 기업인과의 만남을 전무에게 맡겼다.

전무는 그 일보다 더 중요한 일이 어디 있냐고 말했지만
그건 어제 받은 메시지의 중요성을 몰라서 하는 말이다.

정신 이동자, 마인드 앰블레이터의 재출현.

"빌어먹을 놈."

평생 있지 못할 뼈아픈 과거가 생각나 자신도 모르게 중
얼거리는 그다.

'벌써 25년 전인가?'

25년 전 정신 이동자가 SJ그룹에 입힌 피해는 엄청났다.

비자금으로 모아둔 모든 돈과 재산을 사회복지단체에 기
부를 했고, 회사 주식도 회사원들에게 일정 부분 나눠줘 버
렸다.

속을 알지 못하는 국민들은 진정한 기업인이 났다고 칭송했다.

하지만, 기자단을 모아 그러한 일을 발표한 성정현 회장의 부친인 성남일 회장도 정신을 차리고 자신이 한 일을 알아차리곤 쓰러져 몇 년간 고생하다 죽었다.

그 일이 정신 이동자가 한 짓이라는 걸 알기 전까지 아버지를 얼마나 원망했는지 모른다.

그때, 그에게 정신 이동자라는 존재를 가르쳐 준 곳이 바로 암천회.

그들은 암천회에 가입을 하면 전체는 아니라고 하더라도 일부분의 재산은 돌려줄 수 있다고 말했다.

그는 두말 없이 암천회에 가입했다.

그리고 사회복지단체에 기부했던 기부금 중 일부를 되찾을 수 있었다.

물론, 아파 쓰러진 부친을 재산 기부 발표 당시 치매 상태였다고 거짓 증언을 해야 했지만 돌아가신 그의 부친도 이해하리라 생각했다.

그 이후 악착같이 재산 증식에 열을 올려 겨우 예전 수준으로 재산을 모았는데 다시 정신 이동자가 출연하다니.

"이번엔 절대 안 된다. 뿌드득!"

정신 이동자가 경제인들에게만 피해를 입힌 것은 아니다.

정치인들은 어느 날 돌연 은퇴를 선언했고, 판사들은 터무니없는(?) 판결을 내렸고, 아랫사람들이 윗사람들을 고발하는 경우가 허다했다.

"회장님 도착했습니다. 5분 뒤에 안으로 모시겠습니다."

"알았네."

암천회에서 붙여준 두 명의 경호원들의 말에 고개를 끄덕이고 다시 눈을 감는다.

암천회에서 회의가 있을 땐 언제나 이렇다.

차도 경호원들이 구해 온 차량을 이용해야 하고, 도착해서도 회원들끼리 얼굴이 마주치는 일이 없도록 시간 안배가 철저하다.

지금까지 어떤 사적인 자리에서도 암천회의 회원임을 밝힌 적도 없었고, 그렇게 해서도 안 된다.

암천회의 절대 규칙 중 하나가 바로 '회원이 누구인지 알아서도 추측해서도 안 된다' 였다.

바로 기억을 읽으면 모든 사실을 알아 버리는 정신 이동자 때문이었다.

그래서 암천회는 철저히 점조직화된 곳이었다.

하지만, 아무리 바보라고 해도 대충은 누가 암천회 소속인지는 알 수 있었다.

사업을 하다 보면 암천회에서 연락이 와 이번 건은 양보하라는 메시지를 받기도 한다.

반대로 그런 식으로 이득을 얻을 때도 있었기에 불만은 없었다.

"가시죠."

문이 열리자 성정현은 차에서 내려 경호원을 뒤따랐다.

아무도 없는 길. 뒤에 누군가가 도착했지만 신경 쓸 필요가 없었다.

한참을 올라가다 보이는 별장.

별장에는 몇 개의 방을 제외하곤 불이 켜져 있지 않아 어두웠다.

하지만 목적지는 별장의 지하였다.

앞선 경호원이 지하로 내려가는 문을 열었고 성정현은 그 안으로 들어갔다.

입구와 다르게 화려한 복도를 따라간다. 좌우로 수많은 방문이 보였고 그중 한 곳으로 경호원들과 들어갔다.

편안한 의자가 놓여 있고 그 앞으로 모니터가 있는 단출한 방이다.

시계를 확인하니 아직까지 회의 시작하려면 10분 정도.

"차를 드릴까요?"

"시원한 음료가 있으면 주게. 아무래도 목이 타니 시원한 걸 마시고 싶군."

성정현은 경호원이 건네는 음료를 받아 벌컥벌컥 마신다.

팍!

잠시 후 앞에 있는 모니터가 켜지며 익숙한 노인의 모습과 각시탈을 쓴 두 사람의 모습이 나타난다.

―회원 여러분이 모두 모이신 것 같으니 오늘 회의를 시작하려 합니다.

여느 회의처럼 박수 소리는 없었다.

성정현은 비록 화면이지만 노인과 각시탈을 쓴 이에게 진심을 담아 고개를 숙여 인사를 했다.

뒤에 있는 경호원들이 노인의 제자들이고, 각시탈이 암천회의 회주라 한 행동이 아니었다.

그렇다고 감시 카메라가 있어서 한 행동은 더더욱 아니었다.

성정현은 두 사람을 진정 존경했다.

25년 전 피해에도 SJ그룹이 여전히 재계 5위를 차지하고 있을 수 있는 이유가 저 두 사람의 힘이라는 걸 알고 있어서였다.

아마 다른 회원들도 마찬가지가 아닐까 생각해 본다.

—이렇게 급하게 회의를 소집한 이유는 모두들 이미 연락을 받으셨겠지만 아무래도 정신 이동자가…… 나타난 것 같소.

노인은 정신 이동자라는 단어를 언급할 때 잠깐 말을 멈췄다 이었다.

—확실하십니까?

회원 중 누군가가 한 말이 변조된 음성으로 들려온다.

심각한 회의 분위기에 맞지 않는 우스운 상황이었지만 어느 누구도 웃지 않았다.

—내 제자 중 한 명이 직접 정신 이동자에게 정신을 뺏겼다고 말했고, 정황상 내가 추측하기에도 맞는 것 같소.

성정현은 들고 있는 음료잔을 부수려는 듯 꽉 움켜진다.

스피커로는 탄성과 분노의 소리가 웅성거리듯 들려온다.

—모두들 침착하시오. 이번 정신 이동자는 어리석은 건지 너무 일찍 정체를 드러냈소. 그러니 지금부터 모두 조심만

한다면 피해 없이 해결할 수도 있을 겁니다.

—그를 막을 방법이 없잖습니까?

회주가 침착하라는 말에 또 누군가가 말한다.

—막을 수 있습니다. 추측에 따르면 그는 중급 정도의 실력을 가지고 있습니다. 정신 이동시 걸리는 시간은 대략 1분. 하지만 일체화에 시간이 좀 걸리는 것으로 알고 있습니다. 그 정도라면 여러분 곁을 지키고 있는 경호원들이 제압하기에 충분한 시간입니다.

—외부로 활동이 많은 저로써는 그의 침입에 취약할 수밖에 없습니다만.

싱정현은 자신이 물으려고 했던 질문이 나오자 귀 기울였다.

—물론, 완벽하게 막을 순 없겠죠. 일단 대외 활동을 최대한으로 자제해 주셔야 합니다. 물론, 예전처럼 쉽게 당하지 않을 겁니다. 기자 회견을 원천적으로 막을 생각이며 이상 행동을 보일 경우 여러분의 옆에 있는 경호원들이 철저히 막을 겁니다.

꽤 많은 질문이 쏟아졌지만 회주(會主)는 일일이 그에 답을 한다.

성정현은 회주의 말에 고개를 끄덕였다. 모르고 있다면 당하겠지만 이미 정신 이동자가 재출현했다는 사실을 알고 있으니 걱정할 것이 없어 보인다.

좀 전까지 조급했던 마음이 이제 느긋하게 바뀌었다.

—한데, 그의 처리는 어떻게 할 생각입니까? 지난번처럼……

―말을 조심하세요.

회주의 목소리는 지금까지와 따르게 딱딱해졌다.

―죄, 죄송합니다.

한 사람의 질문에 훈훈하게 바뀌던 분위기는 갑자기 싸늘해졌다.

지난번 정신 이동자의 처리에 대해서는 암묵적으로 절대 비밀이다.

영체로 사람들을 옮겨가는 그들을 제거하는 방법은 많지 않다.

정신 이동자를 찾아 죽이는 방법과 그들이 누군가의 몸을 차지했을 때 그 누군가를 죽여야 한다는 것이다.

지난번 정신 이동자는 정말 들어가 있지 말아야 할 인물들에게 들어가 있었다.

그 때문에 두 사람이 목숨을 잃어야 했는데 이 비밀은 죽음까지 가져가야 했다.

그때 잘못됐으면 암천회 자체가 사라졌을 것이다.

이번에도 그렇게 될 수도 있다.

하지만 '설마 나는 아니겠지' 라는 생각을 가지는 성정현이었다.

―이번에는 그런 불상사가 없을 겁니다. 과거와 달리 이제는 은행에서 자금 추적은 물론이거니와 CCTV로 관련된 자들을 조사하면 정신 이동자 본인을 잡을 수 있기 때문입니다.

성정현은 회주의 말에 고개를 끄덕인다.

요즘 시대가 어떤 시대인가?

특히, 암천회의 힘이라면 충분히 가능한 일이었다.

아니, 성정현 혼자의 힘으로도 충분할 것 같았다.

정신 이동자는 자신이 무슨 의적이라도 되는 듯 행동했다.

이제 그런 행동이 자신의 발목을 붙잡을 것이다.

그는 기분이 좋아졌다.

―정신 이동자들에 대해 몇 가지 말씀드릴 테니 상기하여 조심들 해주시기 바랍니다.

―첫째, 그들은 근처에 있어야 이동이 가능합니다.

―둘째, 이동 속도는 상급이 되면 30초 정도면 가능합니다. 그리고 일체화 속도도 눈치가 채기 힘들 정도로 빨라지니 각별히 주의하세요. 반드시 그가 상급이 되기 전에 붙잡아야 합니다.

―셋째, 이동에는 한계가 있습니다. 노사(老師)께서 경험한 바에 의하면 5~10번 쯤 될 것이라고 합니다.

―넷째, ……

성정현과 회원들은 회주의 말을 조용히 경청하기 시작했다.

넓고 옛 향기가 물씬 한 방. 큰 모니터에 분할된 화면이 하나둘씩 꺼진다.

"노사, 괜찮으십니까?"

"괜찮습니다, 회주."

각시탈을 쓰고 있는 암천회의 회주는 노인을 부축해 소파에 앉혔다.

"이제 저도 나이가 들었나 봅니다."

"무슨 말씀을요. 저 많은 이들에게 제약(制約)의 암시를 건다는 것 자체가 엄청난 심력을 소모하지 않습니까? 저라면 아마 10명에게도 힘들었을 겁니다."

"허허! 무슨 겸양을."

노인을 향한 회주의 눈빛은 존경으로 가득했다.

직접도 아니고 화면을 통해 저들의 머릿속에 암시를 걸어놓은 것이다.

혹시나 정신 이동자가 회원들에게 침입한다고 해도 암천회에 대해 크게 얻을 것은 없을 것이다.

"그나저나 잘 해결이 되어야 할 텐데 걱정입니다."

"노사와 저희 암천회가 나서는데 잘되지 않겠습니까? 혹, 천기를 보셨습니까?"

"아닙니다. 단지 영호 그 아이의 심벽(心壁)을 뚫었다고 해서 하는 말입니다."

"그게 노사께서 걱정할 정도입니까?"

암천회주는 의아한 듯 물었다.

"그 아이의 수련이 약해서 그런 거라면 좋겠지만……."

노사는 더 이상 말이 없었다.

다만 어딘가를 가만히 쳐다볼 뿐이었다.

5.
선도법

　선도법이란 내공심법을 얻어 본격적인 치료에 들어갔다.

　선도술이란 무술도 있었지만 지금으로선 필요 없으니 패스.

　선도법 수련은 처음부터 쉽지 않았다.

　선도법의 호흡(呼吸)에는 3단계가 있었다.

　첫 번째 단계가 흡(吸)시 머리끝에(상단전) 의식을 두고 잠시 멈춘 후, 다시 가슴의 명치 부근(중단전)에서 멈춘다. 그리고 마지막에 하단전에 의식을 두고 멈춘 후 서서히 뱉는(呼) 것이다.

　두 번째 단계가 흡(吸)시 입뿐만 아니라 피부를 통해서 빨아들인 기(氣)를 상·중·하단전에 멈추며 마지막에 서서히 뱉는다.

세 번째 단계가 입을 통한 호흡이 아니라 상단전을 통해 흡(吸)한 기를 역시 상·중·하단전을 거치며 축적하는 것이었다.

문제는 첫 번째와 두 번째 단계는 아예 불가능하다는 점이다. 육체를 컨트롤할 수가 없기 때문이다.

그렇다고 세 번째 단계가 쉬우냐?

아니다.

차영호의 기억엔 그조차도 호흡법의 2단계도 완전히 끝내지 못했다.

그러니 3단계는 단지 이론일 뿐이라는 소리.

하지만 내가 선택할 수 있는 수련법은 결국 3단계밖에 없었다.

가만히 눈을 감고 머리로 빨아들인 기(氣)를 잠시 머릿속을 맴돌게 하고 다시 중단전에서 잠깐 멈추게 하고 하단전에 그 기를 쌓는다는 생각을 해 본다.

꽤 오랜 시간 이러고만 있다.

실제 기를 빨아들인 건지, 그것이 쌓였는지조차도 미지수.

아니, 전혀 그런 느낌이 들지 않으니 단지 상상하는 것뿐일 것이다.

'후~ 젠장.'

결국 눈을 떴다. 괜히 헛짓이 아닌가 싶어 집중이 되지 않는다.

—……57분 교통 정보를 알려드리겠습니다. 현재 성수대

교의 교통사고로 오가는 차량이 모두 막히고 있으며…….

라디오 소리에 지안과의 약속 시간이 되었음을 알고 유체이탈을 했다.

'나와 있었네?'

'응, 누구완 다르게 할 일이 없잖아.'

시선을 창밖으로 돌리고 있는 지안의 말투에 뼈가 있다.

그녀의 시선이 닿은 곳을 봤다.

병원의 휴게실에 많은 이들이 북적이고 있었다.

밖이 그리운 건가?

그리울 것이다. 나 또한 매일 밤 점핑을 하는 이유가 사람들과 어울리기 위해서였으니까.

사실 그녀에게 정신 이동 방법을 가르쳐 줄까 생각도 해봤었다.

하지만, 나만이 가진 기술을 가르쳐 주기 꺼려진다는 마음이 있었다.

한데, 오늘따라 지안의 표정이 마음에 걸린다.

어차피 점핑을 한다고 해도 결국 움직이지도 못하는 육체를 벗어날 길이 없다.

그리고 그녀는 나에게 많은 돈도 줄 만큼 속이 넓었는데 난 속 좁게 뭔가 특별한 기술이라고 그동안 지안에게 숨겨왔는지 모르겠다.

'지안아, 밖에 나가고 싶었지? 미안. 내가 그동안 너무 내 생각만 했나보다. 내가 정신 이동 방법 가르쳐 줄게.'

'정말?'

윽! 그런 초롱초롱 눈빛은 곤란하다고.

'으흠! 그, 그래.'

침대와 침대 사이라 해 봐야 1m가 조금 넘는다.

그곳을 넘어와 얼굴을 바싹대고 말하는 지안 때문에 내가 고개를 돌릴 수밖에 없었다.

'금아, 내가 지금까지 나쁜 놈이라고 욕한 거 사과할게. 고마워.'

갑자기 마음이 바뀌는 건 내가 소심한 놈이라 그런 거겠지?

하지만, 지안이 이처럼 기뻐할 줄은 상상도 못했다.

미리 가르쳐 주지 못해 괜스레 미안해진다.

'유체 이탈과 비슷해. 대신 바라보는 것이 상대방의 머리 끝에 있는 홀로 나아간다고 생각하면 돼.'

'머리 꼭대기에 홀이 있어?'

'응, 집중하면 잘 느껴져. 처음엔 난 그것도 모르고 점핑을 했는데 그 안으로 들어간다고 생각하면 더 빨리 점핑할 수 있어.'

'그뿐이야?'

'아니, 마지막으로 주문이 필요해.'

'아, 네가 항상 중얼거리던 거?'

내가 그랬나? 하긴 혼잣말하는 것이 습관화되었으니.

'잘 들어. 세그라이노 아진카이블로 사이진도 우르지보이노……'

난 주문을 지안에게 들려주었다.

'세그라이노 아진카이블로 사이진도 우르지보이노⋯⋯. 맞아?'

'아니 끝이 쇼리지아인 카아빌리도 가린지도노야.'

'오케이!'

지안은 머리가 좋았다.

몇 번 중얼거리더니 벌써 다 외운 모양이다.

'금아, 근데 머리끝에 홀이라고 한다면 혹시 선도법 3단계의 머리로 기를 빨아들이는 곳을 말하는 거 아냐?'

'어라? 그런 건가?'

'그러지 않을까? 그냥 생각일 뿐이야.'

생각해 보니 지안의 말이 일리가 있어 보인다.

다른 이들은 다 가지고 있는 홀이 나에게 없을 리 없다.

다만 내 머리끝을 바라볼 일이 없었기에 몰랐던 것뿐이다. 난 다시 나의 육체를 봤다.

있다!

바로 나와 육체를 연결하는 투명 선이 홀과 이어져 있었다.

'지안아, 혹시 호흡법 할 때 느낀 것 없었어?'

똑똑한 지안이라면 혹시 뭔가를 느꼈을까 싶어 물어봤다.

'아니. 그냥 생각만 할 뿐이었어.'

하긴, 얘라고 무슨 특별한 수가 있을까.

하지만 좋은 정보를 얻었으니 실험해 봐야 한다.

나의 홀을 느끼고 거기로 기(氣)를 받아들인다고 생각하면⋯⋯.

왠지 될 것 같은 느낌이다.

'어제는 뭐했어?'

'어제? 헤헤! 돈 좀 벌고 왔지.'

'결국 이 병원 이사장 비자금 털었어?'

'응, 그런데 너무 많아서 일단 절반만 가져왔어.'

어제 난 밤에 밖으로 나갔었다.

그리고 차를 가진 남자에게 점핑해 이사장의 별장에 가 돈을 가져왔다.

'혹시, 그 돈 어딘가에 기부했어?'

'아니. 잘 묻어뒀어. 수고비로 남자의 주머니에 몇 푼 찔러 놓고 온 걸 제외하곤 몽땅 땅속에 잘 있을 거야. 근데 그건 왜?'

난 정직하게 생활했었다.

하지만 정직하다고 돈 욕심이 없는 건 아니다.

특히나 몸이 병실에 누워 있으니 더더욱 돈에 대해 욕심을 가지게 됐다.

'잘했네. 그런 돈은 기부해도 문제가 생겨. 그리고 1,000만 원 이상 되는 돈이 통장으로 오고 가면 금융당국에서 주시를 하게 되니 조심하라고.'

'그래?'

몰랐다.

이사장의 별장에서 훔쳐 온 돈도 통장에 입금할까 했지만 시간이 없어서 땅에 묻어 뒀는데 천만다행이다.

'앤 왜 이렇게 안 오니?'

지안은 신미향이 들어오길 기다린다.

달각!

신미향도 양반은 못되나 보다.

'신미향 쟤 요즘 왜 저래?'

매일 보는 얼굴임에도 하루가 다르게 달라지고 있는 그녀다.

정말 죽기 살기로 다이어트를 하는지 마르고 있는 것이 눈에 보인다.

'글쎄? 네가 그녀에게 뭘 각인시켰는지 몰라도 고무적인 현상이네.'

설마 정신세계에 만들어 놓은 방과 문장들이 영향을 미치는 건가?

"나 왔어. 심심하지 않았어? 내가 운동시켜 줄게."

'어라, 너랑 대화도 하는데?'

'응, 얼마 전부터는 나에게 말도 걸더라.'

신미향이 지안을 따뜻한 눈빛으로 바라본다.

그 모습이 마치 무시무시한 광경을 본 것 같이 으스스하다.

얼른 신미향의 정신세계로 가서 그 조각상을 부셔야 하는 거 아닌가 싶다.

'이제부터 신미향에게 점핑할 거니까 말시키지 마.'

'알았어. 근데, 들어간 김에 방 안에 있는 조각상 없애 줘.'

'무슨 조각상인데?'

'보, 보면 알아.'

난 얼버무리고 지안의 눈길을 피했다.

잠시 날 노려보는 지안은 곧 집중하며 정신 이동을 준비한다.

내가 이동할 때는 보지 못했던 광경이라 신기한 듯 바라본다.

처음이라 쉽지 않을 것이다.

그나마 신미향이 지안을 운동시킨다고 나가지 않아 급할건 없었다.

'아!'

일순간 지안의 영체가 하얗게 빛나며 신미향의 머리끝 홀로 들어간다.

한참 땀을 흘리며 지안을 운동시키던 그녀가 그 자리에서 멈춘다.

일체화 단계로 들어간 모양이다.

이제 거구라고 부르기에는 살짝 마른(?) 신미향이 움직인다.

'가, 가까이 오지 마!'

"신기하네."

'더, 더듬지 마!'

하필 테스트를 한다고 내 육체를 이리저리 쓰다듬는 지안이다.

난 기겁했지만 딱히 방법이 없다.

내가 이때 점핑을 하면 어떻게 될까?

잠깐 의문이 들었지만 혹 그러다 둘 중 한 명의 영체가 다치기라도 하면 곤란하다.

"놀라지 마. 그냥 이렇게 느껴보고 싶었을 뿐이니까."

뭘 느끼고 싶다는 거야!

"근데, 점핑 의외로 쉽지 않네. 연습이 필요하겠어."

날 쓰다듬던 손을 멈추고 간이침대에 가 눕는다.

한참 있다 나오는 지안의 영체.

'왜 쓰다듬고 난리야!'

난 고함을 빽 질렀다.

'말했잖아. 그냥 사람을 만지는 촉감을 느끼고 싶었을 뿐이야. 너에 비하면 한참 모자라지만 나도 3년만이란 말이야.'

아무것도 아니라는 표정. 왠지 화가 더 나는 것 같다.

'백윤희였다면 용서했을 텐데' 라는 쓸데없는 생각이 잠시 든다.

곧 신미향의 정신세계로 들어가는 지안.

가만히 그녀가 다시 나오길 기다린다. 길지 않은 시간임에도 꽤 길게 느껴진다.

'지안은 항상 그런 날 바라보고 있었던가?'

그러면서도 단 한 번도 정신 이동을 가르쳐 달라고 안 한 것이 오히려 신기하다.

난 침대에 누워 있는 지안을 쳐다본다.

빼빼 마른 얼굴, 까까머리처럼 거칠게 잘린 머리카락, 주사바늘이 꽂힌 얇은 팔.

문득, 더 이상 보고 있을 수가 없다.

가슴한 켠이 꽉! 막힌 듯 답답해져 온다.

'뭘 그렇게 유심히 보고 있어?'

'어, 어? 벌써 나왔어?'

"이런 또 졸았네. 여기만 오면 이렇게 조는지 모르겠네. 자, 다시 시작할게요."

신미향이 간이침대에서 일어나 다시 지안을 운동시킨다.

'안에 재미난 걸 만들어놨던데.'

'헤헤, 그냥 예쁜 사람을 모델로 만들다 보니…… 그런데, 그 조각상은 없앴어?'

'없애긴 내 모습을 내가 어떻게 없애겠어? 신미향에게도 나쁜 일이 아니니 놔뒀어.'

뭐 모델(?)인 본인이 괜찮다니 상관없을 것 같다.

지안은 정신 이동을 연습한다고 했고, 난 선도법을 익히기 위해 육체로 돌아왔다.

◆　◆　◆

내 머리의 홀을 느끼는 건 어렵지 않았다.

하지만, 기를 느끼고 그 기를 홀로 끌어당기는 것은 어려웠다.

다른 내공심법을 구하고 싶은 생각도 들었지만 구한다고 해도 내 몸과 연결이 끊어져 있는 상태니 별 소용이 없을 거라 생각했다.

결국, 선도법 3단계에 몰입할 수밖에 없었다.

지안과 얘기를 나누는 것을 제외하고 저녁에 다니던 정신 이동도 포기하고 매달렸다.

'아!'

太虛 虛而不虛 虛則氣 虛無窮無外 氣亦無窮無外

(태허는 빈듯 하지만 빈 것이 아니고 허가 곧 기이다. 허는 무궁무외이고 기도 무궁무외이다.)

旣曰虛 安得謂之氣 曰虛靜卽氣之體 聚散其用也

(이미 허인데 또 기라고 말하겠는가! 허가 고요하면 기의 체이고 모이고 흩어지면 용이다.)

知虛之不爲虛 則不得謂之無

(허가 빈 것이 아니라는 것을 알면 없음도 아니라는 것을 아는 것이다.)

······(서경덕의 '태허설' 중 일부 발췌)

지안은 정신 이동을 연습하면서 혹 필요할지 모른다며 이런저런 자료를 찾아 말해주었다. 물론, 기(氣)에 관한 것들이었지만 그중에 내 마음을 끈 것은 바로 서경덕의 '태허설'이었다.

더 길게 적혀 있지만 내가 이해한 요지는 간단했다.

허(虛:비어 있음)과 기(氣)는 같다는 말.

조금 전 그 말을 이해했고 깨달았다.

바보처럼 기를 느끼려고만 했고, 그걸 홀로 당길 생각만 했다.

모든 것이 기였다. 그것이 느껴지든 느껴지지 않든 말이다.

홀로 들어오는 무수한 기(氣)를 머리에 맴돌게 한 후 명치 부근에 머물게 했으며 다시 하단전으로 이끌어 축적했다.

뿌듯한 느낌.

한참을 느끼다 그렇게 기를 느끼다 멈췄다.

이제 내 육체와 연결하면 된다.

하지만 이것은 언제 가능할지 모르는 일.

어느 정도 됐다는 생각에 지안이 뭘 하고 있는지 궁금해 밖으로 나왔다.

정신세계에 있는지 점핑을 해 외출을 했는지 지안은 없었다.

'혹시 복수하러 간 건가?'

약간 걱정이 들었지만 내가 할 수 있는 일은 없었다.

―이제 우리 그만 헤어져.

―흥! 뭐하나 가진 것도 없는 사람이 밀고 당기기를 해? 그래, 앞으로 연락하지 마.

―혜, 혜진아.

…….

밤인지 지안이 좋아하는 드라마가 방송 중이었다.

며칠 전부터 라디오 대신 TV를 보게 됐다.

하루 종일 나오는 TV로 8년이라는 세월 차를 어느 정도 알게 되었다.

내가 있던 시대와 확연히 차이가 있었다.

내가 제일 좋아하는 프로는 뭐니 뭐니 해도 걸 그룹들이 나오는 음악 방송이었다.

그리고 싫어하는 프로그램은 드라마. 8년이란 세월 중 유일하게 바뀌지 않은 것이 바로 막장드라마의 인기였다.

'젠장, 리모콘만 누를 수 있다면 좋겠는데.'

물론, 바람일 뿐이었다.

'나갈 때 앞으로 음악 방송이나 틀어두라고 해야겠다.'

싫어하는 드라마임에도 보다 보니 어느새 끝이 났다.

다음 프로는 내가 좋아하는 예능 프로그램이었다.

선전도 볼 만하다.

요즘 누가 인기 있는지 알 수 있고 나름 재미있었다.

오늘의 출연진이 보인다.

'아싸! 걸 그룹이 나오는구나.'

'인간아, 그렇게 좋냐?'

옆에서 들리는 지안의 목소리에 화들짝 놀랐다.

'어디 갔다 왔어? ……어라? 너 영체가 왜 그래?'

희미해진 지안의 영체에 다시 한 번 놀랐다. 반투명한 영체가 희미해져 곧 사라질 것처럼 보인다.

'응, 쇼핑하고 왔어.'

'쇼핑? 영체가 무슨 물건이 필요하다고.'

'그냥 재미지. 지금은 피곤하니 내일 얘기해.'

'알았어. 좀 쉬어. 그러다 영체가 사라질까 걱정이다.'

'내일 봐.'

말과 함께 육체로 돌아가는 그녀다.

그런 모습을 보고 있자니 또다시 가슴이 조금 답답해진다.

'설마?'

……

영체도 병이 생길 수 있는 건가? 라는 쓸데없는 생각이 들었지만 예능 프로그램의 시작과 함께 사라졌다.

지안은 12시간이 좀 지나자 멀쩡한 모습으로 밖으로 나왔다.

'아웅, 잘 잤다.'

마치 살아 있는 사람처럼 기지개를 켠다.

'너 나 몰래 뭐 먹었어?'

'아니. 영체가 뭘 먹어?'

보자마자 엉뚱한 소리다.

정신 이동을 한 뒤로 자신이 완전히 사람으로 착각하나 보다.

'근데, 왜 그렇게 포동포동하게 보여?'

영체가 살쪄 보인다는 말은 난생처음이지만 내가 처한 상황이 비정상적이니 넘어가도록 하자.

'내가?'

'응. 색깔이 진해진 건지 모르겠는데 굉장히 좋아 보여.'

한 가지 퍼뜩 드는 생각.

선도법 3단계. 어젯밤부터 오늘 오전 내내 선도법에 매달렸다.

물론, 육체와의 연결은 꿈쩍도 안 하고 있다.

'어제 선도법 3단계를 이해했거든 그래서 그런가?'

'성공했어?'

'응. 기를 빨아들이려 기를 찾으려고만 했지 모든 곳에 기가 있다고는 생각을 못하고 있었어. 네가 말해준 태허설에서 힌트를 얻었지. 어느 순간 기가 느껴지더라고.'

'그게 그렇게 쉬운 거였어?'

'쉬운 거였으면 내가 선도법을 읽은 차영호도 벌써 3단계에 이르렀겠지. 내가 곰곰이 생각해 봤어. 내가 영체이고 머리 위에 있는 홀을 느낄 수 있어서 가능했던 일이 아닐까 하는 생각이 들더라.'

내 말에 곰곰이 생각하고 있던 지안이 말한다.

'혹시 점핑을 하면 상대방의 몸에 얼마나 있을 수 있지?'

'꼼짝 안 하고 정신세계에만 있으면 24시간. 그냥 몸을 차지하고 있으면 12시간. 그런데, 점핑할 때마다, 기억을 읽어 들일 때마다 시간이 줄어들어.'

'음……'

다시 생각에 빠지는 지안.

난 궁금함에 물었다.

'무슨 생각하는데?'

'어제 내가 외출하고 난 다음 영체의 색이 흐려졌다고 했지?'

'응.'

'너도 외출하고 갔다 오면 흐릿해져. 그런데, 현재 너의 영체는 진해. 무슨 말인지 모르겠어?'

'......!'

이해했다.

선도법을 행하면 밖에서 머물 수 있는 시간이 늘어날 수 있다는 것이다.

'오늘 당장 실험해 봐.'

'당장?'

빨리 내 육체와 정신을 이어야 한다는 생각에 은근히 귀찮다.

'그래, 이 병원 이사장 돈도 다 못 옮겼잖아. 겸사겸사 테스트해 보라고.'

내 표정을 읽었는지 돈으로 유혹한다.

내가 21살 때는 상상만 했던 돈이 지금 있다.

그런데도 지난번에 챙겨 오지 못한 신사임당이 차곡차곡 쌓인 박스들이 생각난다.

예전 기사에 사과 박스 하나당 1억이 조금 넘는 돈이 들어간다고 생각하면 한 박스당 5억이 넘는 돈이라는 소리.

그때 다섯 박스를 훔쳤다.

아직 남은 박스는 6박스.

부자들이 왜 돈이 있으면서도 돈돈 하는지 이제야 이해가 된다.

'알았어.'

난 결국 돈 앞에 무릎을 꿇었다.

'이번에도 땅에 묻을 거야?'

'딱히 보관해 둘 곳이 없잖아.'

'왜, 그 새끼도 모르는 별장 있잖아.'

그랬나? 머릿속으로 생각해 보니 과연 별장이 있었다.

그녀의 부모님이 과거에 타인의 명의로 구입해 둔 것이었다.

'근데, 거기 관리하는 장씨 아저씨가 손님을 받고 있잖아?'

'응, 오랫동안 사람이 살지 않으면 집이 망가지잖아. 그래서 펜션처럼 손님을 받으라고 했어. 거기 아무도 들어가지 못하게 해둔 방이 있어. 그곳에 패닉룸(외부의 침입에 대비해 만들어 놓은 일종의 대피소)이 있거든 거기에 숨겨.'

'패닉룸이 있어?'

과거 패닉룸이라는 영화를 봐서 그녀가 뭘 말하는지 알 것 같다.

하지만 아무도 들어가지 못하게 한 방은 기억에 있지만 패닉룸은 기억에 없다.

'응, 한 번도 들어가 본 적은 없어. 나도 있다는 말만 들었거든.'

나쁜 생각이 아닌 것 같다.

'그리고 장씨 아저씨께 돈 좀 드리고 앞으로는 손님 받지 말라고 해. 그럼 되잖아.'

'얼마나 줘야 해?'

'한 달에 한 200만 원이면 될 거야. 일 년치 주고 오면

걱정 없잖아?'

2,400만 원. 아깝다는 생각이 든다.

내가 20살 때 연봉보다 많은 돈. 하지만 내가 숨기는 돈에 비하면 새 발의 피다.

그런데 점핑 대상자에게 오래 머물 수 있는지 테스트하는 건 좋은데 지안이 너무 적극적이라 물었다.

'복수하려고?'

'복수? 당연히 해야지. 지금이라도 가능하지만 당장은 안 해.'

'왜?'

'바보, 그 새끼가 죽으면 내 재산이 어떻게 되겠어? 내가 죽지는 않았지만 식물인간 상태라고. 담당 변호사가 얼씨구나 하고 내 재산으로 장난칠 거라고. 변호사는 평생 내가 못 일어나고 죽지 않기만을 간절히 바랄 테지. 난 그 꼴은 못 봐.'

참 돈 많은 것도 결코 좋은 것만은 아닌 것 같다.

'그 새끼'를 떠올려 기분이 나빠졌는지 TV에 시선을 고정한 채 움직이지 않는다.

나라고 해도 그런 일을 당했으면 지금 당장 가서 복수를 했을 것이다.

하지만 난 그녀가 그러지 않았으면 한다.

차라리 내가 그 일을 대신 해주고 싶어진다.

6.
점핑! 점핑!

　게임의 부하 테스트라고 할까?

　난 점핑을 틈틈이 하며 대상자의 기억을 읽어 들였고, 의자에 잠시 앉거나 커피숍에 들어가 그들의 정신세계에 방을 만들었다.

　내 몸에 인테리어 디자이너의 피가 흐르고 있었던 걸까?

　갈수록 방을 만드는 기술이 늘어난다.

　그리고 고무할 만한 일이 생겼다.

　점핑 속도가 빨라졌고 대상과 일체화시키는 것도 점점 빨라지고 있었다.

　이제 슬슬 어두워진다.

　이제 본격적으로 내(?) 돈을 찾으러 갈 시간이다.

　패스트 푸드점에 앉아 창밖을 보며 다음 점핑 상대를 찾아본다.

'차가 있어야 하는데…… 찾았다!'

멀리 있지 않았다. 약간 떨어진 곳에 과일을 파는 분이 계셨다.

트럭이라 박스를 옮기기에도 제격이다.

상대의 홀을 느껴본다. 그리고 그대로 눈을 감고 점핑을 했다.

이질감이 잠깐 느껴졌지만 순식간에 상대의 몸을 차지했다.

"아저씨 이거 얼마냐고요?"

"잠시만요. 그거 오천 원, 아니, 칠천 원입니다."

기억을 읽었다.

그리고 다시 기억의 맨 끝부터 하루 동안의 기억을 되새기며 말했다.

"여기 오천 원이라고 적혀 있는데요?"

한 봉지에 오천 원이라고 트럭에 크게 적혀 있지만 그건 일종의 미끼 상품이다.

고르다 보면 아무래도 더 좋아 보이는 걸 사는 사람들이 많다.

난 아주머니와 흥정할 생각이 없었다.

"그건 칠천 원짜린데 오천 원만 주세요."

난 오천 원을 받고 트럭을 정리하고 운전석에 앉았다.

오래된 스틱 차량. 백미러에 걸린 가족 사진이 눈에 띈다. 장롱 면허지만 운전면허증을 딸 때 1종 보통으로 땄기에 어렵진 않으리라.

부르르! 털컥.

시동이 꺼졌다. 클러치 떼는 게 쉽지 않다. 몇 번의 실패 끝에 트럭은 도로를 달린다.

병원 이사장의 별장은 가평이었고, 지안이네 별장은 청평 이었다.

가평에서 일을 마치고 청평에 들러 돈을 놔두면 될 것이 다.

그나저나 꽤 피곤하다. 시간을 확인하니 나온 시간부터 5시간이 흘렀다.

계산을 해 본다.

지금까지 5번을 점핑을 했고 5명의 기억을 읽었다.

한데, 피곤 정도가 아무래도 조만간 뻥길 것 같은 예감이 든다.

아무래도 너무 촐싹대며 시간을 허비한 모양이다.

선도법을 깨달은 것도 겨우 어제였다.

그동안 얼마나 축적했다고 그렇게 낭비했는지……

뻥기면 혹 사고가 날까 비상등을 켜고 트럭을 한쪽으로 세웠다.

과일 장수 아저씨에게 괜히 미안해졌다.

기억에는 내일 고등학교 다니는 딸아이의 등록금을 내야 하는데 돈주머니를 보니 그 금액에는 많이 부족해 보였다.

오늘 아줌마와 과일 장수 아저씨의 기억을 읽었는데 처녀, 총각 때를 제외하곤 참 많이 비슷했다.

자식을 위해 산다고 할까?

자식들이 무언가를 맛있게 먹는 모습에, 그들에게 뭔가를 해줄 때 행복해 하는 장면이 많았다.

겨우 두 사람의 기억을 읽은 것으로 세상 모든 부모가 그렇다고 말할 수는 없겠지만 왠지 마음이 짠해진다.

어떻게 해서라도 이 아저씨에게 아이의 등록금이라도 전해주고 싶다.

"돈을 숨겨둔 곳까지 갈 수 있을까?"

탁한 목소리로 혼잣말을 해 본다.

그러다 떠오른 생각.

이 아저씨의 몸으로 선도법이 가능할까?

난 눈을 감고 아저씨의 홀과 기를 느껴본다.

어렵지 않다. 그리고 홀로 기를 당겨본다. 움찔하던 기가 서서히 움직여 들어오더니 일순 거침없이 쏟아진다.

사이다처럼 온몸에 청량한 기운이 가득해진다.

그러한 느낌은 차츰 없어졌지만 그 기분에 취해 끊임없이 기를 들이킨다.

"헉!"

정신없이 선도법에 취해 있다 깨어나 시계를 보고 놀랐다.

잠깐인 것 같은데 벌써 2시간이나 지났다.

하지만 가뿐해진 몸에 시동을 걸고 다시 목적지로 출발했다.

비포장길을 트럭으로 달리니 마치 롤러코스터를 타는 기

분이 든다.

사이드미러로 사과가 여기저기 튀는 것이 보였지만 어차피 내가 샀다는 생각에 주저 없이 액셀을 밟았다.

드디어 별장이 보인다.

예전과 다를 바 없이 을씨년스러운 분위기. 헤드라이트를 그대로 켜둔 채 차에서 내렸다.

별장을 향해 걸어가다 별장 한편에 어둠 속에 주차된 2대의 차량이 있는 것이 보인다.

'잘못됐다.'

몸을 돌려 차로 돌아가려는 순간 어느새 포위를 하고 다가오는 인원들.

"크크! 어딜 그리 급하게 가시나?"

"너무 쉽게 돈을 버는 게 아닌가 했는데 역시 오네요."

"킬킬킬! 삼 일 동안 쉬는 것도 지겨웠는데 잘 왔다."

총 6명이 킬킬거리며 한마디씩 내뱉는다.

새됐다.

가장 먼저 머릿속에 떠오른 생각이었다.

아무래도 병원 이사장이 돈을 확인한 모양이다.

그리고 남의 집 가장을 이렇게 만들어 죄송스럽다는 생각.

마지막으로 내 아이들도 아닌데 아저씨네 아들, 딸의 모습이 스쳐 지나간다.

싸움이라곤 고등학교 때 고아원 출신이라고 놀리던 놈을 박살낸 기억밖에 없다.

동네에서 좀 놀았다고 해도 저들 한 명도 어쩔 자신이 없었다.

"누, 누구세요. 전 길을 잘못 들었을 뿐입니다."

"크하하하! 형님. 저 새끼 말하는 거 웃기지 않아요?"

"잘못 들어왔는지 도둑질하러 들어왔는지 일단 맞으면 잘 생각날 거야."

"왜, 왜들 이러세요. 전…… 전……."

머리를 맹렬히 굴렸다. 하지만 딱히 방법이 없다.

다만 내가 몸을 차지하고 있는 이 아저씨를 이대로 내버려 둘 수 없다는 생각뿐이었다.

제일 먼저 6명을 실폈다.

그중 쇠파이프로 보이는 물건을 들고 있는 놈이 눈에 띄었다.

위험한 상황이었지만 정신을 집중하고 놈의 백회 위 홀(hole)을 느끼고 점핑했다.

기억을 읽는 것은 나중 문제.

엄청나게 빨라졌다고 하는 일체화였지만 더디게 느껴진다.

"헉! 여기가 어디죠? 누, 누구세요?"

"이 새끼 정말 누굴 호구로 아나……."

퍼억!

"컥!"

한 놈이 정신을 차린 아저씨의 복부에 사정없이 주먹을 박는다.

'아저씨, 미안해요.'

난 속으로 아저씨에게 잘못을 빌었다.

아저씨로서는 갑자기 과일을 팔다가 눈 떠보니 깡패들에게 맞는 상황이니 얼마나 황당할까.

"일어나. 이 새꺄! 아직 시작도 안 했는데 이러면 곤란하지."

쓰러진 아저씨를 퍽퍽 차는 그 순간 일체화를 이뤘다. 손에 잡고 있는 쇠파이프가 차갑게 느껴진다.

어설픈 동정심은 아무것도 모르고 당하는 아저씨의 목숨과 관련되었다는 생각이 들었다.

첫 번째 타깃은 바로 옆에 있는 놈.

킬킬거리며 아저씨를 차느라 뒤통수가 그대로 드러나 있다.

퍼억!

"뭐, 뭐야?"

"야, 장종철! 너 미쳤…… 크윽! 씨발!"

갑자기 내가 내려친 쇠파이프에 한 놈이 쓰러지자 나머지 네 놈이 갑작스런 일이라 제대로 판단을 못한다.

그 순간 다시 나에게 말하는 놈에게 쇠파이프를 휘둘렀지만 어깨를 맞추는 것으로 끝났다.

"장종철! 당장 그만두지 못해! 이 씨발 새끼가!"

두목으로 보이는 놈에게 다시 쇠파이프를 휘둘렀다. 하지만 어설픈 내 솜씨에 맞을 리 만무했다.

"저 미친 새끼부터 일단 잡아!"

넷이 다시 나를 향한다. 난 쇠파이프를 휘두르며 그들의 접근을 막으며 다음 점핑 상대를 골랐다.

두목은 아직이다.

짧은 경찰봉을 든 놈.

눈앞에 휘익 뭔가 지나가는 것처럼 흐릿해지며 점핑.

일체화는 귀와 눈의 순서로 이루어진다.

눈이 일체화가 되었을 때 쇠파이프를 든 놈이 정신을 차렸지만 이미 늦었다.

'어어' 하는 순간 나머지 둘에게 제압당한다.

"이 새끼 미친 거 아냐!"

일체화를 이룬 난 쓰러진 장종철을 보며 소리쳤다.

그리고 그들과 거리를 좁혔다.

두 명의 눈이 갑자기 의아함을 표한다.

'왜지?'

순간 들어오는 기억들.

"씨발. 내가 막내였냐?"

이미 기억이 들어옴과 동시에 경찰봉을 휘둘렀다.

내가 이번에 차지한 몸의 주인은 6명 중 가장 늦게 들어온 막내였다.

퍽!!

얼굴에서 피가 튀며 한 놈이 핑그르르 돌며 나가떨어진다.

"단체로 쥐약을…… 이 개새…… 큭!"

아까와 같은 실수는 하지 않았다.

바로 몸을 날려 멀쩡한 놈을 후려쳤다. 하지만 좀 전과 같은 손맛(?)이 느껴지지 않는다.

다시 결정타를 날리려는 순간,

"컥!"

옆구리를 파고드는 다리.

숨이 막히고 쩌릿쩌릿한 고통이 뇌를 자극한다.

본능적인 고통에 구르며 피했다.

역시 두목이랄까?

악귀 같은 모습으로 날 아니, 자신의 막내를 공격한다.

반격은 생각도 못할 정도로 빠른 속도. 점핑할 여유조차 없다.

최대한 몸을 뒤로 날렸다.

하지만 늦었다.

턱으로 날아오는 다리.

여기서 기절하면 어떻게 될까?

마치 슬로우 비디오처럼 쓰러진 과일 장수 아저씨가 보인다.

포기는 아직 이르다. 두목의 홀을 느꼈다.

그리고 주문을 외우며 점핑을 시도한다.

'……카아빌리도 가린지도노! 컥!'

점핑이 성공을 해서 흐릿해지는지 맞아서 그런지 헷갈리는 상황.

하지만 나아가는 느낌이 드는 걸 보면 성공이다.

역시나 기분 나쁜 이질감.

하지만 상관없다. 이제 마무리만 하면 끝이다.

"형님 괜찮으십니까?"

"……너도 혹시 정신이 없냐?"

"아, 아닙니다. 전 멀쩡합니다."

"그럼, 저 새끼들 몽땅 묶어! 다시 지랄들 하기 전에."

"예, 형님!"

입까지 일체화되어 다행이다. 말하는 중 모든 일체화를 이뤘다.

제일 먼저 기억을 읽었다.

젠장! 어쩐지 엄청 강하다 했다.

이 봄의 주인은 나상열.

전직 특수부대 출신이었다.

어릴 때부터 안 한 운동이 없을 정도로 소질이 있었지만 운동보다 애들 삥 뜯길 좋아했다.

본격적으로 깡패의 길로 들어선 건 역시나 돈 때문이었다.

물론, 집이 가난해서가 아니라 경찰보다 깡패가 돈을 더 많이 번다는 이유에서였다.

천천히 기억을 더듬기로 하고 일단 남은 한 녀석을 먼저 처리해야 한다.

아까 막내가 떨어뜨린 경찰봉을 주워 열심히 묶고 있는 놈에게 다가갔다.

"빨리 묶어!"

"예, 형님. 그나저나 이놈들 귀신에라도 씐 걸까요?"

"응."

"예?"

"미안!"

퍽!

갑작스레 당해서인지 비명 소리도 없었다.

난 녀석을 묶고 안 묶인 놈들을 묶었다.

"왜 이렇게들 무거워! 젠장."

한쪽으로 다섯 명을 옮기는데 보통 힘든 것이 아니다.

경황이 없어 힘 조절이고 뭐고 할 것 없이 있는 힘껏 내려친 거라 혹시나 죽은 이가 있을까 코에 손을 갖다 대보니 다행히 죽은 이들은 없었다.

다음은 이 두목의 몸을 묶는 것.

영화에서 손발을 묶을 때 사용하던 타이(Tie)를 이용해 일단 다리를 묶었다.

그리고 손을 뒤로 해서 스스로 묶었다. 혹시나 싶어 손은 끙끙대며 두 번이나 묶어야 했다.

"휴~ 혼자 묶는 게 쉽지 않네."

땀이 흐른다. 하지만 이미 묶인 손이라 닦을 수도 없다.

"앗! 따거."

망할 놈들의 모기. 산모기라 그런지 가렵지 않고 따갑다.

하지만 내 몸이 아니니 신경 쓸 필요가 없다.

그나저나 눈앞에 정신을 잃고 있는 아저씨는 짧은 순간에 오지게 맞았는지 아직 정신을 못 차리고 있다.

난 아저씨를 보며 두목인 나상열의 기억을 훑었다.

"젠장! 하필이면."

트럭의 번호판이 나상열의 기억에 남아 있었다.

오늘 무사히 넘어간다고 해도 저 아저씨는 영문도 모르고 이들에게 괴롭힘을 당하게 될 것이다. 어쩌면 소리 소문 없이 사라질지도 모른다.

"으~~"

짜증난다.

아무리 생각해 보지만 딱히 떠오르지 않는다.

내 머릿속의 지우개라는 영화처럼 기억을 지우는 지우개가 있으면 좋겠다.

하지만 기억을 어떻게 지우냔 말이다.

'혹시 지안이라면 좋은 생각이 있을까?'

난 고등학교 졸업 후 무작정 상경해 혼자 살아왔었다.

누군가를 특별히 의존한 적이 없었다. 한데, 이 순간 지안이 생각나다니……

곧 머리를 흔들었다.

연락할 길도 없는데 거기에 정신을 쏟을 시간이 없다.

무작정 나상열의 정신세계로 들어갔다.

방을 만들고, 방에 '오늘 일을 잊어.' 라는 글자들을 채워 나갔다.

그러다 이건 아니다 싶어 지우고 다시 '정직하고 착하게 살자.' 라는 글자들로 채웠다.

하지만 이건 헛짓이다.

이곳은 그의 무의식의 세계일 뿐이다.

영향은 받겠지만 그렇다고 문제가 해결될 것 같지 않다.

'가만…… 무의식의 세계?'

무의식의 세계가 있다면 의식의 세계도 있을 터.

난 방에서 문을 열고 나왔다.

그리고 한 번도 생각하지 못했던 어둠을 향해 뛰어본다.

어느 순간부터 지나온 길에 등불을 하나씩 만들며 뛰었다.

'헉, 헉! 이것도 바보 짓이다.'

돌아보니 장관이긴 하다. 등불의 길이라고 할까?

생각을 바꿨다. 나상열의 기억 중 억지로 더 자세한 정보를 원했다.

머릿속으로 파고드는 기억들.

난 그 기억들이 어디서 오는지 추적해 본다.

워낙 짧은 순간에 들어오는 것이라 추적이 힘들었다. 하지만 끊임없이 자세한 기억을 요구하며 어디서 오는지 느껴본다.

그러나 추적이랄 것도 없이 그냥 바로 위에서 그냥 흘러 들어 온다.

끈이 연결된 것도 아니다.

'으아아아아아! 빌어먹을!'

과일 장수 아저씨는 사실 나와는 상관없는 사람이다.

그냥 놔둬도 된다.

그것도 아님 6명 모두를 죽여 버려도 알 사람은 없다.

어둠 속에 너무 오래 있었는지 과거처럼 미쳐 버린 건가?

난 어둠 속에서 발광했다.

'의식 세계는 어디 있는 거야? 어둠 따위 찢어져 버려~~
~!!!'

양손을 위로 올리고 어둠을 찢으려는 듯 행동했다.

어이가 없다.

그 순간 어둠이 갈리더니 또 다른 세계가 눈에 들어온다.

내 생각이 투영된 걸까?

또 다른 세계는 영화에서 본 것처럼 온갖 기억의 부유물
들이 떠다니고 있었다.

'기억!'

난 나상열의 기억이 영화의 필름처럼 나열되기를 바랐다.

또 다른 세계, 의식 세계에 기억의 필름이 생겨났다.

난 이곳에서 신(神)인 건가?

어린 시절 간혹 누군가에게 쫓기는 꿈을 꿨다. 쫓기면서
이곳저곳을 뛰어 날아올랐던 기억이 난다.

그때, 올라가면 '무섭다.', '떨어질 것이다.' 라는 생각을
하면 어느새 떨어져 내리던 나. 그러다 다시 '솟구칠 수 있
다.' 생각하는 순간, 또다시 솟구쳤다.

밤새 그렇게 오르락내리락 하다 잠에서 깬 적이 있었다.

내가 정신세계에서 방을 만들고, 책을 만들고, 글을 남길
수 있는 것도 어떻게 보면 창조와 마찬가지 아닌가.

난 기억의 필름에서 지울 부분을 찾았다.

그들은 내가 트럭으로 별장에 올라오기 전 술을 마시고
있었다. 그러다 트럭이 올라오는 소리에 숨죽이고 있다가
날 덮친 것이다.

난 어느새 손에 잡힌 지우개로 술 마시는 기억 이후의 장면을 지우기 시작했다.

한참을 낑낑대며 지우다 웃음이 나왔다.

'흐흐흐! 참 빈곤한 상상력이다.'

정말 기억을 지우개로 지우고 있었다니.

아직 뒷부분이 꽤 남았는데 난 그 남은 부분을 돌돌 말아 불을 일으켰다.

삼매진화(三昧眞火).

소설에서 나오는 대로 필름은 불이 나며 하얀 재로 바뀌었다.

난 그 재를 비비며 가루로 만들어 의식의 공간에 날렸다.

더 놀고 싶다는 생각이 들었지만 시간이 없다.

다섯 명의 기억을 지워야 했고 그들을 방으로 옮겨야 했다.

마지막으로 나상열의 기억을 다시 한 번 읽었다. 정말로 그의 기억은 술 먹는 장면으로 끝나 있었다.

그때부터 난 바삐 움직이기 시작했다.

"끄응."

드디어 6명을 별장 안으로 다 옮겼다.

그리고 그들을 묶어 놓은 끈들을 끊고 재빨리 별장에서 나왔다.

정말 저들이 기억을 잃었는지 어떤지는 알 수 없지만 지금은 이 자리를 피하는 게 우선이다.

그리고 그들이 입은 상처를 설명할 만한 한 가지를 그들의 정신세계에 만들어놓는 걸 잊지 않았다.

"휴~~"

청평으로 가는 도로를 탔을 때 비로소 한숨이 나온다.

날은 어느새 밝아오고 있었다. 시계를 보니 5시 30분.

빨리 서둘러야 한다. 지난번에 묻어둔 돈을 파내서 지안의 별장에 넣어둬야 한다.

병원 이사장의 별장에는 역시나 돈 박스가 없었다. 마치내 돈을 뺏긴 듯 분하다.

물론, 오늘 고생한 대가는 반드시 받아낼 생각이다.

난 가속페달을 강하게 밟았다.

◆　　◆　　◆

과일 장수 한씨는 눈을 떴을 때 한참을 멍하니 있어야 했다.

분명 서울 시내도로 옆에서 과일을 팔고 있었는데 내비게이션을 확인해 보니 구리시의 골목이라니.

또한 방금 전까지 저녁이었는데 지금은 날짜도 지나 아침 10시 20분이었다.

"이게 대체…… 아야야!"

무엇보다도 온몸이 안 아픈 곳이 없다.

'혹시 강도?'

후다닥 돈주머니를 확인한 한씨는 안에 들어간 지폐 다발에 놀라야 했다.

"하나, 둘, 셋……."

총 102장의 오만 원권.

그의 기억에는 2장밖에 없었는데 어디서 이 돈이 생긴 건지 궁금해졌다.

문을 열고 밖으로 나와 트럭 뒤를 확인했다.

사과의 양이 많이 줄어 있었다.

"내가 사과를 팔다가 잠이 든 건가?"

하지만 역시 이해가 안 됐다.

사과를 몽땅 판다고 해도 100만 원이 안 되는 걸 자신이 알기 때문이었다.

―전화왔숑! 전화왔숑!

"여보세요?"

―인간아! 지금까지 어디서 뭐했어! 전화를 해도 안 받고 얼마나 걱정했는지 알아? 지금 어디야?

화난 건지 걱정하는 건지 모를 목소리로 한씨의 처는 전화상으로 폭풍같이 말을 퍼붓는다.

한씨는 그런 처를 달래느라 현재의 자신이 당한 일에 대해 생각할 틈이 없었다.

"끄응, 목이 왜 이리 아프지?"

나상열은 일어나면서 뒷덜미를 만졌다. 마치 뭔가에 맞은 듯이 아프고 뻑뻑했다.

여기저기 널브러져 있는 술병들 속에 있는 동생들은 여전히 미동도 안 하고 있다.

"이건 또 뭐야?"

손목에 난 타이 자국에 그는 놀란다.

어젯밤 일을 곰곰이 생각해 본다.

술 먹다가 목덜미에 어떤 물체에 가격을 당한 기억이 마지막이었다.

그 물건은…….

막내가 사용하는 경찰봉이 바닥에 뒹굴고 있는 것이 보인다.

갑자기 속에서 뭔가가 울컥하고 올라온다.

"아구구구! 형님 일어나셨어요?"

"넌 얼굴이 왜 그 모양이냐?"

일어난 둘째는 볼이 두 배는 커져 있었고 말도 제대로 못하고 있었다. 맞은 자국을 보니 경찰봉이나 쇠파이프에 맞은 자국.

"어떤 새끼가? 아~! 아프다."

문제는 부스스 일어나는 놈들이 대부분 몸 상태가 좋지 않았다.

머리가 깨진 놈도 있었고, 여기저기 멍든 녀석도 있었다.

"야, 막내 깨워봐!"

나상열이 생각하기에 아무래도 막내 저 녀석이 술 먹다가 깽판을 친 게 아닌가 싶다.

"이 새끼, 미쳤나? 얼른 일어나!"

여기저기 멍투성이인 장종철이 막내를 깨운다.

"으갸갸갸!"

막내도 심각했다. 턱이 완전 한쪽으로 쏠려 있고 연신 옆구리를 잡고 낑낑댄다. 말도 제대로 하지 못한다.

"이게 어찌 된 일일까요? 형님."

"혹시, 귀, 귀신?"

어디 구역 싸움을 갔다가 온 모양으로 엉망인 놈들이 머리를 아무리 맞대 봐야 딱히 생각나는 건 없었다.

하지만, 장종철의 입에서 나온 귀신이라는 말에 다들 눈이 동그랗게 변하며 입을 다문다.

나상열도 뒷골이 쭈뼛해지는 느낌을 받았다.

하지만 동생들 앞에서 약한 척할 수가 없었다.

"씨발, 귀신은……. 다들 내려가서 치료나 받자."

그러면서 나상열은 슬며시 일어났다.

그는 어서 이 별장에서 나가고 싶다는 생각뿐이었다.

"형님, 그런데 아직 이곳에 며칠 더 있어야 하잖아요."

"……일단 치료가 먼저지. 그리고 똘마니 놈들 몇 명 시켜서 지키게 하면 되겠지."

"조, 좋은 생각이십니다."

"종철 넌 여기 남아 있던가."

"으갸갸갸!"

다들 자신을 죽일 듯한 눈빛으로 바라보는 형, 동생들의 눈빛에 정신을 차린 장종철.

"아, 아닙니다. 저도 치료받아야죠. 운전은 제가 하겠습니다."

다들 앞을 다투어 별장에 나왔다.

그리고 그들은 거의 동시에 별장을 다시 돌아본다.

일순 그들의 머릿속에는 하얀 소복을 입고 입가에 피를 흘리며 자신들을 노려보고 있는 귀신이 그려지고 있었다.

"으익!"

장종철은 괴상한 소리를 지르며 부르르 떨더니 얼른 차로 뛰어간다.

그를 뒤따라 일행은 아픈 줄도 모르고 차로 간다.

나상열은 쪽팔린 모습을 보일 수 없다는 생각에 침착하게 행동하려 했지만 빨라지는 걸음을 어쩐진 못했다.

7.
윤승호 환자가 정신을 차렸어요!

　'깔깔깔! 그니까 그들의 정신세계에 귀신을 만들어두고 왔단 말이야?'

　'응. 기억을 지웠다고는 하지만 아무래도 좀 불안해서.'

　'하여간 엉뚱하기는.'

　난 과일 장수 아저씨의 몸에서 빠져나오자마자 선도법을 행한 후, 목 빠지게 기다리고 있던 지안에게 모든 설명을 해야 했다.

　'어쨌거나 선도법을 통해 그 사람의 몸에서 오래 생활할 수 있다는 말이네?'

　'응. 넌 기는 느껴져?'

　'아니. 이론은 알겠는데 쉽지 않더라고. 아무래도 점핑을 최대한 연습을 하면서 해 봐야겠어.'

'괜찮은 방법이네. 난 육체와 연결하는 방법이나 강구해 봐야겠다.'

'금아……'

'응?'

'아냐. 열심히 하라고.'

분명 무슨 말을 하려고 했는데 금세 화제를 돌린다.

그나저나 오늘따라 유난히 병원이 시끄럽다.

창밖을 보니 병원 휴게실에는 방송국에서 나왔는지 카메라를 들고 있는 사람들이 꽤 많다. 특히 교복을 입은 여학생들의 수는 압도적이었다.

'누가 입원했어?'

'맞다. 윤승호가 어제 입원했어.'

'윤승호가 누군데?'

'왜, 있잖아. 가수 겸 배우. 몇 년 전부터 얼마나 인기였는데. 그리고 우월한 외모에 늘씬한 키 똑똑함까지. 네가 좋아하는 음악 프로에도 많이 나왔잖아.'

내 머릿속에는 그런 인물은 없었다. 나에겐 오직 걸 그룹뿐이다.

'몰라. 그런데 그 사람이 왜?'

'영화 촬영 중간에 낙마 사고가 났나 봐. 어젯밤에는 정말 난리도 아니었어.'

지안이 윤승호에 대해 얘기할 때 왠지 모를 울컥한 기분이 들었지만 유명인과는 거리가 멀었기에 신경을 껐다.

지금 중요한 것 한시라도 빨리 내 육체를 되찾는 것이다.

선도법 3단계로 기를 아무리 처먹어도 도대체 육체와 연결이 되지 않는다.

의식, 무의식의 세계에서는 신(神)일지 몰라도 육체와 관련된 일에는 허공의 삽질하기나 다름없었다.

의식의 세계를 발 했을 때처럼 지랄발광도 해 봤지만 말 그대로 발광이었을 뿐이다.

'휴~ 다른 방법을 찾아봐야겠다.'

유체 이탈을 했다.

'그동안 뭘 한다고 약속 시간에 나오지도 않은 거야?'

'육체와 연결한다고 한동안 고심 좀 했지. 며칠이나 된 거야?'

'일주일.'

헉! 기껏해야 3일 정도 지났으리라 생각했는데 예상보다 훨씬 더 오래 걸린 모양이다.

어둠 속에 있으면 정말이지 시간 가는 줄 모른다.

'미안!'

'괜찮아. 나도 그동안 바빴거든.'

다행스럽게 지안은 화가 많이 난 것 같지는 않다. 하지만 약간 삐쳐는 있어 보인다.

'선도법의 진전은 좀 있었어?'

난 모른 척 말을 걸었다.

'아니. 여전히 제자리야.'

'그럼, 그동안 뭘 한 거야?'

'궁금하기는 하니?'

'당연하지. 하하하!'

역시 수다 떨 사람이 필요했나 보다.

묻지도 않았는데 그동안 뭘 했는지 줄줄이 흘러나온다.

지안은 일주일 동안 점핑에 주력했단다. 그러면서 꽤나 자세한 데이터를 모았고 그걸 수치화했다.

점핑의 한계는 9번.

혼수상태가 아닌 일반 대상의 몸에 머물 수 있는 시간은 12시간.

한번 점핑할 때 약 20분의 시간이 감소.

기억을 읽을 때 약 1시간이 감소.

그러니까. 9번의 점핑을 해 9명의 기억을 읽으면 총 12시간을 소모하는 셈이며 바로 자신의 육체로 돌아오게 된다는 것이다.

9번의 점핑 후, 8명의 기억을 읽으면 마지막 대상에게 머물 수 있는 시간은 고작 1시간.

난 지안의 설명을 들으면서 멍하니 고개를 끄덕일 수밖에 없었다.

애가 과학적이라고 해야 할지 집요하다고 해야 할지 모르겠다.

'그런데, 내가 점핑한 상대 중에 이상한 사람이 있었어.'

'어떤 점이?'

'내가 점핑을 하면 그 사람을 움직일 수 있어. 하지만 내가 그 상대에게서 빠져나오면 못 움직이는 경우는 뭐야?'

내가 처음 이종진에게 점핑했을 때 얘기와 비슷하다.

'너 환자한테 점핑했지?'

'응, 어떻게 알았어?'

'나도 점핑해 봤거든. 식물인간 상태의 환자는 대략 두 가지더라. 영체가 없어서 못 움직이는 경우와 너나 나처럼 영체는 있는데 육체와 연결 고리가 끊긴 경우 말이야. 물론, 두 가지 동시인 경우도 있겠지만 아직 그런 경우는 못 봤어.'

'그래? 그럼 영체는 어디로 사라진 건데?'

'나도 모르지.'

'음, 영체가 없는 경우가 불쌍한 걸까? 아님, 육체를 못 움직이는 경우가 불행한 걸까?'

'후자.'

난 단호하게 내 생각을 말했다.

어둠 속에서 죽음을 기다리는 것은 정말이지 고통 그 자체였다.

두 번 다시 겪고 싶지 않은 일이다.

'내 생각도 그래. 그래도 불쌍하다.'

'도대체 어떤 환자였기에?'

'윤승호. 근데 그의 실명이 뭔 줄 알아?'

'뭔데?'

'윤선불. 내가 그의 실명을 알았을 때 얼마나 웃었는데. 얼굴과 전혀 어울리지 않는 이름이었어.'

얘 내 이름을 들었을 때도 엄청 웃었겠군.

'어쩐지 너랑 인연이 있는 것 같지 않아? 선불, 현금. 호호호!'

……

어렸을 때 이름 때문에 얼마나 싸웠는지 내가 얘기를 안 했던 모양이다.

'키키! 농담이야. 그런 눈으로 보지 마.'

어휴~ 저걸. 여전히 반달눈이다. 유일한 영체 친구라 참는다.

'육체 연결은 잘되고 있어?'

'전~혀! 도무지 감을 못 잡겠어. 기만 엄청 먹고 나왔어.'

'키키! 천천히 해. 틈틈이 나랑 놀아주기도 하고.'

'쩝! 알았어. 감이라도 잡으면 될 것 같은데.'

'감 잡는 방법이 있을 것 같은데.'

귀가 번쩍 뜨인다. 역시 머리 좋은 사람은 뭐가 틀려도 틀리다.

'옆방에 윤승호의 몸을 이용하면 되잖아.'

좋은 생각이다.

'괜찮겠어? 한 번 점핑하고 나면 오랫동안 못 나올 텐데. 계속 왔다 갔다 하기가 힘들잖아.'

방금 전 놀아주기로 약속했는데 약간 미안한 마음이 들었다.

'바보. 옆방이잖아.'

'응?'

'너 자리에서는 벽을 넘어가면 된다고. 바보야!'

벽까지의 거리는 대략 70cm.

난 영체다. 벽을 통과 못할 이유가 없다.

몸을 움직여 벽을 통과해 본다.

약간의 이질감이 느껴지지만 어색하지 않다.

특실인지 엄청 크다. 생명 유지 장치도 우리 방에 있는 것과 달라 보인다.

침대에 머리에 붕대를 감고 누워 있는 윤승호를 보았다.

남자가 보기에도 잘생겼다. 이름만 몰랐을 뿐 TV에서 자주 보던 얼굴이다.

잠깐 눈을 감고 숨만 쉬고 있는 윤승호를 보며 그의 극락 왕생을 빌었다.

난 그의 몸을 이용해 내 육체와 연결할 방법을 찾기로 했다.

◆　　◆　　◆

'헉! 깜짝이야.'

윤승호에게 점핑을 해서 눈을 뜨자마자 보이는 지안의 모습에 화들짝 놀랐다.

그녀가 만들어 놓은 정신세계의 방에는 그녀의 전신, 반신 사진에 각종 조각품들까지 온통 지안 모습의 예술품(?)으로 가득 차 있었다.

'휴~ 심장 떨어질 뻔했네. 하여간 어지간히 장난꾸러기

라니까.'

방을 정리하고 싶은데 차마 지안이 만들어놓은 것들을 없앨 수가 없어 그녀의 방 옆에 작은 방을 만들었다.

그리고 차분히 윤승호의 기억을 읽기 시작했다. 급할 것 없었기에 천천히 그의 일생을 바라본다.

스타의 일생이라 기대하고 본다.

중학교 때부터 연예 기획사에 들어가 연습생으로 생활했다.

고등학교 2학년 때 TV시트콤으로 이름을 알리게 되고, 한 해 뒤에 'MuRim' 이라는 남성 5인조 그룹으로 가수로 데뷔해 많은 인기를 얻게 된다.

인간 윤선불에서 스타 윤승호가 된 이후로 그는 건방져졌다.

하지만 연예계에서 욕을 먹는 것과 인기는 별개라고 그는 드라마, 영화를 넘나들며 톱스타가 되었다.

한데, 호사다마라고 했던가.

10일 전 영화 촬영 중 낙마하며 머리를 다쳐 병원에 입원한 것이다.

그의 삶을 보고 불쌍하다는 생각은 들지 않았다.

아니, 오히려 부럽기까지 했다.

나에 비하면 정말이지 하늘의 별처럼 살다가 쓰러진 것이다.

지금은 씁쓸함이 중요한 것이 아니다.

난 정신세계에서 누워 윤승호와 일체화하려 했다.

이 순간을 잘 기억해야 한다. 그래야 내 육체에 적용할 테니.

첫술에 배가 부르면 안 된다는 법 따위 없다.

하지만 역시 느끼기도 전에 일체화가 되어 버렸다.

눈을 떠본다. 눈부심에 잠시 감았다 다시 떴다.

오래 입원한 것이 아니라 역시나 쉽게 움직인다.

손가락도 발가락도 조금씩 움직여 보며 느낌을 알고자 해 본다.

한참을 해 봐도 소용이 없다.

"선도법을 해 볼까?"

혼잣말을 중얼거렸다.

남자인 내가 듣기에도 좋은 미성이다.

눈을 감고 홀을 느껴본다.

그리고 그 홀로 기를 인도한다.

과일 장수 아저씨의 몸으로 이미 해 본 경험이 있어서인지 어렵지 않았다.

영체에서 행할 때와는 확실히 차이가 있다.

기가 들어오면서 온몸이 상쾌함에 빠져든다.

영체일 때는 그냥 기를 온몸으로 받아들인다는 느낌이라면 인간의 몸과 일체화해서 받아들일 때는 수도관(管)을 뚫고 지나는 물처럼 머리부터 하단전까지 뚫고 지나는 느낌이 든다.

그나마 차이점이 느껴지는 선도법에 매달려 본다.

몽롱한 정신. 차이점을 느낀다는 생각은 사라지고 오로지 선도법에 빠져든다.

얼마나 지났을까? 배고픔에 선도법을 멈췄다.

'정말 배고프다.'

몇 년만에 느껴보는 배고픔일까?

이 느낌마저 새롭다. 하지만 신기함도 잠시 도저히 배고픔을 참을 수가 없다.

눈을 떠 이리저리 먹을거리를 찾아본다.

냉장고와 한쪽에 쌓인 선물 꾸러미가 보인다.

하지만 문제가 있다. 온몸에 다닥다닥 붙어 있는 선들과 링거 때문에 일어날 수가 없다.

손을 뻗으면 혹 닿을까 아무리 쭉 뽑아보지만 닿기는커녕 배고픔만 더해진다.

'왜 이렇게 배고픔에 집착하는 걸까?'

'그냥 내 육체로 돌아가면 배고픔이 사라지지 않을까?'

이런 생각이 들었지만 마치 오랫동안 굶주린 아귀(餓鬼)처럼 한 번 생긴 탐욕이 사라지지 않는다.

벌컥!

갑자기 문 열리는 소리에 후다닥 손을 제 위치시키면서 정신을 잃은 척했다.

지겹도록 듣던 간호사의 신발 소리가 나에게 다가온다.

"금아, 그렇게 후다닥 움직이면 바보라도 네가 정신 차린 줄 알 거다."

백윤희의 목소리.

그런데 날 저렇게 부르는 사람은 오직 하나.

지안뿐이다.

난 살며시 눈을 떴다.

"헉! 깜짝이야."

심장 떨어질 뻔했다. 백윤희의 얼굴이 바로 코앞에 있었다.

"자, 장난 좀 치지 마. 심장 떨어지겠다."

"사내 놈이 심장이 콩알만 해서 어디 쓰겠냐?"

"그런데, 네가 여기엔 웬일이야? 백윤희의 몸까지 차지하고."

"바보야, 네가 윤승호의 몸을 과하게 움직이면 심장박동수가 올라가 간호사실에 비상벨이 울린다는 것도 모르냐?"

알고는 있었는데 배고픔에 잠깐 눈이 뒤집혔나 보다.

"내가 백윤희에게 점핑을 해서 그나마 다행인 줄 알아."

"휴~ 다행이다, 고마워."

"뭐가 다행이야. 도대체 뭘 하기에 또 3일간 코빼기도 안 보이나 혼내주러 왔는데."

손을 들어 가볍게 내 이마를 꽁 때리는 지안.

"벌써 삼 일이나 지났어?"

"응."

침대 옆에 앉아 턱을 괴고 날 바라보는 지안의 눈에 약간의 걱정스러움이 묻어 있는 것처럼 느껴지는 건 나의 착각일까?

"흠, 너는 3단계 성공했어?"

"응, 오늘 오전에 기(氣)를 느꼈어. 참, 오묘하더라고. 넌 육체를 움직일 실마리라도 잡은 거야?"

"아니, 선도법만 실컷 했다."

"에~? 그럼 왜 그렇게 움직이고 있었던 거야?"

"배가 미치도록 고파서. 또 말을 했더니 배고프다. 지안아, 먹을 거 좀 줘."

다시 배고픔을 인식하자 미친 듯이 배가 고프다. 난 지안의 손을 잡고 부탁했다.

"미쳤니? 윤승호는 지금 10일 넘게 굶은 몸이란 말이야."

"그럼, 음료수라도 한 잔 줘. 아님, 물이라도."

정말이지 물이라도 한 모금 마셔야지 참을 수가 없다.

"알았어. 물은 괜찮겠지. 대신 내 부탁 하나 들어줘야 한다."

무슨 부탁이든 상관없다. 난 마구 고개를 끄덕였다.

지금은 오로지 목에 무엇이라도 넘기는 게 중요했다.

지안이 갖다준 물을 한 모금 삼킨다.

메말라 쩍쩍 갈라진 논바닥에 물을 뿌리는 기분이다.

"한 잔만 더 줘."

두말없이 다시 한잔 갖다준다.

"하~"

물이라도 넘어가니 살 것 같다. 배는 다른 걸 달라고 아우성이지만 참을 만했다.

"훗! 물 두 잔에 그런 행복한 모습이라니."

"모르겠어. 그냥 무언가 무지 먹고 싶어지더라고."

"됐으면 내 부탁 들어줘. 나도 이제 나가봐야 하거든."

"부탁이 뭔데?"

"간단해. 날 한 번 꼬옥 껴안아 줘."

"……."

무슨 이런 개떡 같은 부탁이 다 있단 말인가.

기분이 좋다고 해야 하나 아님 기분이 나쁘다고 해야 할지 모르겠다.

"옛날부터 윤승호에게 한 번 안겨보고 싶었다고. 얼른!"

'뭐, 연예인을 좋아해서 그럴 수도 있겠지' 라는 생각도 든다.

그리고 영혼이 둘 다 다른 사람으로 바뀐 이들이 이러는 게 웃기다.

백윤희의 탈을 쓴 지안은 윤승호의 탈을 쓴 나를 꼬옥 껴안는다.

난생처음 이렇게 미인의 포옹을 받고 있으니 기분이 붕 뜨면서 심장이 쿵쾅거린다.

난 손을 들어 간호사복을 입은 백윤희를 꼬옥 껴안았다.

백윤희를 안고 있지만 마치 지안을 안는 기분이다.

향긋한 내음과 촉감. 얼마 만에 느껴보는 감촉인지…….

난 더욱 힘을 줬다.

심장은 폭발할 듯이 쿵쾅거렸지만 이 순간이 좀 더 길었으면 하는 생각이 든다.

쾅!

"승호야!"

갑자기 문이 열리며 윤승호의 어머니가 소리치며 들어온다.

그 뒤로 의사와 몇몇 사람들까지 지금 우리가 껴안고 있는 장면을 바라본다.

"어쩌냐?"

난 모기 같은 작은 소리로 지안에게 말했다.

"내가 해결할 테니 넌 조용히 있어."

그녀 또한 내 귀에만 들릴 정도로 말한다.

난 그녀를 믿고 가볍게 고개를 끄덕였다.

"선생님! 윤승호 환자가 정신을 차렸어요!"

응? 지안아, 지금 무슨 소리하는 거냐?

"심장박동이 이상해서 방에 들어왔는데 갑자기 정신을 차리더니 침대 밖으로 떨어지려는 해서 붙잡고 있어요."

"그래? 빨리 침대에 눕혀!"

담당의사가 나에게로 다가오고 윤승호의 어머니는 신을 찾으며 감격의 눈물을 흘리신다.

난 황당함에 지안을 바라본다.

입에서는 '너, 너'라는 말밖에 나오지 않는다.

하지만, 지안은 위기를 넘겼다는 듯 뿌듯한 얼굴이다.

야! 곽지안! 이 일을 어쩔 거야!

눈으로 소리쳤지만 지안은 이미 신경도 쓰지 않고 자신의 일에 충실할 뿐이었다.

◆　◆　◆

'도대체 어쩌자고 그런 거야?'

난 지안을 향해 따지듯이 물었다.

'어쩔 수 없는 상황이었잖아? 너라면 그 상황에서 어떻게
했을 거야?'

'그거야……'

딱히 생각나는 게 없다.

그때 깡패들을 처리한 것처럼 할 수도 없는 일.

'아무리 그래도 일을 그런 식으로 처리하면……'

'왜? 잘 해결됐잖아. 우리 둘 다 무사하잖아. 네가 걱정
하는 게 뭔지는 알아. 하지만 갑작스럽게 일어났다가 다시
쓰러져 못 일어나는 이들은 많아. 다시 일주일만 지나면 조
용해질 거야.'

물론, 일은 잘 해결되었다.

한 가지만을 제외하고는 말이다.

"……승호야, 일어나! 넌 이 엄마가 보고 싶지도 않아?
일어났으면 정신을 차려야지 다시 이렇게 누워 있으면 어쩌
자는 거니? 승호야! 으흑흑흑~!"

옆방에서 들리는 저 목소리만 들리지 않는다면 말이다.

마음이 울컥하게 만드는 저 울음소리에 TV나 라디오에
도저히 집중을 할 수가 없다.

'에잉! 들어가서 귀 닫고 수련이나 해야겠다.'

지안과 얘기해 봐야 소용없을 것 같아 나의 정신세계로

들어가려 했다.

'그냥 네가 저 몸에 들어가 연기 좀 해.'

'뭐라고?'

'어차피 내 육체와 연결하려면 테스트가 필요하잖아. 현재 저보다 좋은 사람은 없잖아. 그리고…… 네 육체와 연결된다는 보장은 없어. 내가 병원 기록을 확인하니 넌 8년 전 목과 허리 부근의 척추가 완전 비틀리면서 돌이킬 수 없는 상처를 입었어. 재활 훈련도 사실 효과는 없다고 봐야 해. 그러니…….'

'조용히 해! 더 이상 얘기하지 마!'

난 지안을 향해 소리쳤다.

일순 당황한 지안의 얼굴이 보인다.

내 속마음을 들켜서일까? 쉽사리 화가 가라앉지 않는다.

그렇게 마주 보고 잠시 시간이 흐르자 방금 고함친 것이 후회가 된다.

'미안. 나 들어가 쉴게.'

'금…….'

무슨 말을 하려는 그녀를 무시하고 난 내 육체 속 정신세계로 들어왔다.

그리고 외부에서 들리는 모든 소리를 차단했다.

지안의 말이 모두 옳았다.

그러나 그 말이 진실이기에 더욱 화를 냈는지도 모른다.

나도 이미 오래 전 내 기록을 확인했다. 내 몸 상태가 얼마나 최악인지는 잘 안다.

돈을 밝히고, 내공심법을 구하고, 그 내공심법을 수련하
는 건 발악에 지나지 않는다는 걸 스스로가 잘 알기에 더욱
가슴이 아프다.

지금까지 그 생각을 하지 않기 위해 노력했다.

그렇지 않았다면 난 미쳐 버렸을 것이다.

나 결코 강하지 않다.

다만 하나의 희망에 매달려 아등바등거리는 것뿐이다.

'으아아아아아아악!'

고함을 질러본다.

하지만 마음속의 복잡한 마음은 여전히 풀리지 않는다.

선도법으로 대상의 몸을 차지하고 오래 버틸 수 있다는
걸 알았을 때 악마의 속삭임 같은 생각도 했었다.

다른 사람의 몸을 차지하고 살아갈 생각.

하지만 사람들의 살아온 기억을 읽게 되면 그러한 마음이
사라졌다.

맞다. 윤승호의 경우에는 꺼릴 게 없다. 이미 죽어 버린
사람.

그의 부모님께 죄스럽긴 하지만 영혼이 바뀌었다는 사
실을 모르면 오히려 그들은 기뻐할 것이다.

또한 톱스타로 새로운 삶을 살아가는 것도 나쁘지 않다고
생각한다.

내가 지안에게 고함을 지른 것은 아마 내 속마음이 들켜
서일지 모른다.

나도 이렇게 생각하는데 지안이라고 그런 생각이 없을까?

그녀가 혼수상태에 빠진 것도 3년.

햇수의 차이가 있을 뿐 그녀도 많은 생각을 하고 있을 것이다.

방을 나서 끝도 없어 보이는 어둠을 향해 걷는다.

생각이 정리될 때까지 한 번 걸어볼 생각이다.

어둠은 역시 끝이 없었다.

물론 내가 끝이 없다고 생각해서인지도 모르겠다.

하지만 내 육체를 버릴 수 없다고 결론은 내릴 수 있었다.

물론, 육체가 더 이상 사용할 수 없다고 판단될 때는 다른 사람의 육체를 차지하기로 결정했다.

평생을 내 육체를 움직일 수 있게 하려고 낭비하기는 싫었다.

영체라고 영원히 사는 것은 아닐 거라 생각했다.

염라대왕과 저승사자가 있다면 내 수명이 다하는 날,

영체를 데리러 올지도 모르는 일이었다.

결정을 내리고 나니 마음이 편안해졌다.

대신 지안을 다시 보려고 하니 미안하다는 생각에 유체 이탈을 망설이게 된다.

'젠장, 혼날 거라면 혼나야지. 나의 유일한 친구를 잃을 순 없다.'

결심을 하고 유체 이탈을 했다.

멍하니 TV를 바라보고 있는 지안. 영체의 색이 좀 이상하다.

마치 점핑을 하고 온 것처럼 영체는 희미했고, 약간씩 밝아졌다 흐려졌다를 반복하고 있었다.

'지, 지안아?'

항상 밝고 강할 것 같은 지안의 모습은 온데간데없이 내 부름에 곧 울 것 같은 아이 의 표정으로 돌아본다.

'금아, 할 말이 있어서 기다리고 있었어. 미안해…….'

'아냐, 아냐! 오히려 내가 화를 내서 미안해.'

'화나게 할 생각은 없었어. 단지…… 그냥 네가…….'

'알아. 니 맘 충분히 알아. 내 맘속의 숨기고 싶은 것이 들켜서 화를 낸 것뿐이야.'

난 그녀의 영체로 다가가 안아주고 싶었다.

하지만 영체는 영체일 뿐이었다.

내가 그녀에게로 뻗은 손은 아무 느낌 없이 그녀를 통과했다.

그래도 껴안듯이 포즈를 취하고 그녀를 달랬다.

'그렇게 생각해 줘서 고마워. 너무 피곤하다 가서 좀 쉴래.'

'응, 그렇게 해. 기다리고 있을게.'

자신의 육체에 눕던 지안이 한마디한다.

'우리 여전히 친구지?'

'응! 넌 나의 유일한 친구잖아.'

지안은 살짝 미소를 지으며 사라져 간다.

지안의 과거는 나와 달랐다.

부유했고, 밝고 명랑한 성격으로 많은 친구들이 있었다.

혹시 그 때문에 어둠 속에서 더 버티기 어렵지 않을까?

눈을 감은 채 천천히 숨 쉬고 있는 지안.

그녀의 얼굴을 쓰다듬어 본다.

어떤 감촉도 느낄 수 없다.

분명 날 위해 해준 말이었는데…….

'화내서 미안해, 지안.'

난 그녀를 바라보며 계속 미안하다고 말했다.

다시 밖으로 나온 지안은 평소와 다를 바가 없었다.

덕분에 한결 편안해진 마음으로 윤승호의 몸으로 점핑했다.

승호의 어머니도 건강이 악화되어 간혹 병실에 들러 소리 없이 눈물을 흘리실 뿐이셨다.

난 조심해하면서 선도법을 행하며 차이점을 알고자 노력했다.

윤승호는 최대한 오랫동안 병원에 있어야 한다.

퇴원을 한다면 내가 그의 몸을 차지한다고 하더라도 지금처럼 편하게 점핑을 할 수도 없고 지안과 오랫동안 떨어져 있어야 하니까.

가급적 너무 오랜 시간 선도법에 빠지지 않도록 주의를 기울이는 연습도 병행해야 했다.

똑똑! 털컹! 탁!

누군가 들어오는 소리에 숨을 죽였다. 하지만 묵직한 간호사의 발소리.

신미향이다.

"금아, 듣고 있니?"

지안인가 보다.

갑자기 따끔해지는 옆구리.

"아아~"

나도 모르게 비명을 질렀다.

"깨어 있으면서 왜 말을 안 해?"

"혹시나 싶어 조심하는 거지."

눈을 뜨고 바라보니 역시나 얼굴을 들이밀고 있다.

이제는 지안의 패턴을 잘 알고 있어 그리 놀라지 않는다.

"그나저나 신미향은 정말 살이 많이 빠졌다."

"그렇지? 이제 70kg도 안 돼."

"그러다 요요 생기는 거 아냐?"

"운동으로 빼는 거라 괜찮을 거야."

"무슨 일이야? 내가 또 며칠 동안 누워 있었어?"

"아니. 물 먹고 싶지 않아?"

마시고는 싫지만 저 눈을 바라보니 뭔가를 바라는 게 있는 모양.

"설마?"

"키키! 이제는 잘 아는구나. 그럼 이리 와!"

"이러지 마! 차라리 백윤희로 오란 말이야."

"안 돼! 걘 퇴근했단 말이야."

집요하게 날 붙잡는 지안.

난 그 손길을 피하려고 했다.

하지만 신미향은 정말이지 힘이 셌다. 마치 갈고리에 붙잡힌 것처럼 꼼짝을 할 수가 없었다.

킥! 숨 막힌다.

"제대로 안 하면 계속 이러고 있는다?"

그건 절대 사양이다.

앤 지안이다. 앤 지안이다.

속으로 되뇌며 손을 올리고 신미향을 잡아본다. 정말이지 듬직하다.

털컹!

또다시 열리는 문. 도대체 문은 왜 안 잠그는데?

"스, 승호야!"

이거 지난번과 같은 패턴이다.

왜 매번 이런 순간에 누군가 들어오는지.

"이번에는 잘해라."

난 지안에게 속삭였다.

걱정 말라고 속삭이는 지안이었지만 약간 불안하다.

아니나 다를까……

"어머님! 윤승호 환자가 정신을 차렸어요!"

야! 그때랑 호칭만 다르잖아!

또다시 어머님과 의사가 뛰어오는 소리가 귓가를 어지럽힌다.

8.
타인으로 살아가기

"승호야 많이 먹어라."

"예. 냠냠쩝쩝!"

난 내 앞에 놓인 음식들을 꼭꼭 씹으며 먹어 치우고 있었다.

"엄마도 좀 드세요."

"오냐, 오냐."

첫날엔 힘들게 나왔던 엄마라는 말이 이제는 아주 자연스럽다.

죽만 한 3일 먹다가 오늘 처음으로 제대로 된 음식을 먹는데 맛이 기가 막히다.

얌전은 그만 떨기로 했다.

이왕 윤승호의 몸을 이용하기로 한 이상 편하게 생각하기로 했다.

"잘 먹었습니다."

"왜? 더 먹지 않고."

"아뇨. 의사 선생님이 너무 많이 먹으면 안 된다고 했거든요."

더 먹고 싶지만 위 기능이 아직 돌아오지 않아 조심해야 한다는 의사의 말을 잘 따라야 한다.

괜히 먹었다 폭풍 설사라도 걸리면 나만 손해다.

"전 좀 잘게요."

"그래라. 참, 연채 때문에 집에 갔다 올게."

연채는 윤승호의 동생이었다.

그나저나 이름 참 놀림받기 좋은 이름이다.

윤선불, 윤연채.

"전 너무 신경 쓰지 마시고 연채한테 신경 쓰세요. 걔도 고2라 한참 힘들 텐데. 엄마라도 옆에 계셔야죠. 한동안 저 때문에 병원에만 계셨잖아요."

"그래도……."

"이 기회에 좀 쉴 생각이에요. 먹고 싶은 거 있으면 전화 드릴게요."

"그래, 그러면 내일 올게. 뭐 먹고 싶니?"

"계란말이가 먹고 싶네요."

발걸음을 좀처럼 떼지 못하시다 결국 문을 닫고 나가신다.

부모님의 사랑을 받지 못하고 큰 나로서는 행복한 순간이다.

가만히 엄마가 사라진 곳을 보다 병상에 누웠다.

내 몸으로 돌아가 육체 밖으로 나오자 지안이 기다리고 있다.

'밥은 잘 먹었어?'

'응. 널 생각하니 잘 안 넘어가더라.'

'호호! 거짓말이라도 기분이 좋네.'

'정말이라니까.'

'그래, 그래. 믿어줄게.'

지안과 즐거운 대화 시간은 길게 가지 못했다.

윤승호의 방문을 누군가 노크하는 소리가 들렸다.

난 지금 참 어정쩡한 상태로 있었다.

바로 벽과 벽 사이에 끼여서 지안과 얘기를 했고 방의 동태를 살폈다.

'누가 또 왔나보다.'

'이거 두 집 살림하는 서방님을 둔 것 같잖아.'

'너가 이렇게 만든 일등공신이잖아.'

'그래, 가라. 그리고 나도 한동안 못 들어올 거야.'

'어디 가?'

'테스트하러 간다. 나도 밖에서 얼마나 버틸 수 있나 테스트를 해 봐야지. 일 끝나면 내가 병실로 갈게.'

'오케이! 조심히 다녀와.'

지안에게 인사를 하고 바로 윤승호에게 점핑했다.

"승호야, 자냐?"

"아함~ 잠깐 잠들었어요. 무슨 일이에요, 형?"

난 손발이 오그라드는 연기를 하며 일어났다. 지금 나에게 말을 하는 이는 윤승호의 로드매니저였다.

이름은 배동수.

윤승호보다 2살 많은 올해 27세의 형으로 이틀 전부터 병실 앞을 지키고 있었다.

그는 평소에 윤승호에게 꽤 불만이 많던 형이었다.

그의 월급은 회사에서 80만 원이 다였다.

윤승호가 조금씩 챙겨주기는 했지만 정말 용돈 수준.

그러니 당연 불만이 쌓일 수밖에 없었다.

난 그에게 점핑해 모든 사실을 알았다.

"미안하다. 사장님 오셔서 깨웠어."

지금도 극도로 조심스럽게 얘기한다.

"괜찮아요, 형."

예전의 윤승호라면 짜증을 냈겠지만 난 그 정도로 안하무인한 성격은 아니다.

잠깐 날 이상하게 바라보더니 문을 열고 고개를 숙인다. 문으로 들어오는 깔끔한 중년의 사내. 승호의 기억에 있는 얼굴이었다.

"괜찮냐?"

난 침대에서 일어나 앉으며 살짝 고개를 숙이며 말했다.

"제가 누워 있을 때도 오셨다고 들었습니다. 심려를 끼쳐 죄송합니다."

"뭐, 심려까지야……."

사장도 이상한 표정으로 날 본다.

윤승호의 기억을 살펴보고 꽤 건방지다고는 생각했었다.

하지만, 윤승호의 행동을 배동수 매니저의 기억에서 볼 땐 정말이 개망나니 그 자체였다.

배동수가 나간 걸 확인하고 사장에게 점핑했다.

이제는 워낙 숙달되어 이질감을 느낄 새도 없이 일체화가 이루어진다.

그리고 기억을 읽었다.

옷! 대박이다.

이 양반 정말이지 바람둥이다. 아니, 직업상 그런 건지 여자들과 어지간히 놀아났다.

큭! 내가 좋아하던 배우가 이 사장과 그렇고 그런 사이다.

기억은 1인칭 시점으로 나에게 보여진다.

즉, 대상자가 직접 눈으로 바라봤던 그대로 보인다고 생각하면 된다. 그러니 여자의 기억을 읽을 때는 약간 곤욕스럽다.

그런 장면은 그냥 넘긴다. 대신 남자의 기억을 읽을 땐 꼼꼼히 읽는 편이었다.

한데 이 양반의 기억은 레어템, 아니, 유니크템이다.

두고두고 곱씹을 만한 기억이다.

시간이 얼마나 걸릴지 모르지만 아주 샅샅이 읽어들인다.

기억을 모두 읽고 나의 취미 활동을 위해 유체 이탈을 한 후, 신현국 사장의 정신세계에 들어갔다.

취미 활동은 다른 게 아니었다.

방을 만들고 방에 그 사람에게 도움이 될 만한 글을 적어두는 것이다.

—남자가 함부로 놀리지 말아야 할 것은 세 치 혀뿐만이
아니다.

꽤나 만족스런 글이다.

난 그의 몸에서 벗어나 윤승호로 돌아왔다.

"어? 내가 깜빡 졸았나?"

"어젯밤에 좀 무리하셨나 봅니다."

신현국은 어젯밤 많이 무리했다.

참 예쁘장한 아가씨였는데…….

"험험! 그래 병원에서는 뭐라고 해?"

재빨리 화제를 전환하는 신현국.

"아직 지켜보자고 합니다. 이렇게 멀쩡하다가도 또 정신
을 잃을 수 있다고 하더군요."

"음, 그런가?"

그가 걱정하는 게 뭔지 기억을 읽었기에 안다.

윤승호는 HK엔터테인먼트와 전속 계약을 맺을 때 거액
의 계약금을 받았다.

계약상 군대 입대를 할 경우 계약이 그 기간만큼 자동으
로 연장된다.

하지만 지금처럼 다쳤을 경우에는 회사 입장에서는 곤란
하다.

오로지 나, 윤승호가 빠른 시간에 복귀하길 기다리는 수
밖에 없다.

"영화 얘기는 들었지?"

"아뇨."

"네가 정신을 잃고 있는 동안 새로운 배우를 찾는다고 하다가 보류했어. 나으면 다시 촬영에 들어가기로 했어."

"그렇군요."

좀처럼 본론을 꺼내지 못하는 신 사장이다.

그래서 이런저런 잡다한 얘기만 할 뿐이다.

"음, 그런데 복귀 시기는 언제쯤이 좋겠나?"

"글쎄요. 저야 최대한 빨리 복귀하고 싶지만 그게 쉽게 될지 모르겠네요."

아직까지 복귀하고픈 마음은 전혀 없다.

최대한 오랫동안 병원에서 버틸 생각이다.

간혹 정신을 잃는 모습을 보여주면 퇴원하라는 소리는 안 할 것이다.

"알았다, 상황을 지켜보자고. 몸조리 잘해. 다음에 다시 오지."

"멀리 안 나가겠습니다."

사생활이 좀 지저분하지만 사업적으로는 흠잡을 데가 없는 사람이었다.

그런 그에겐 미안하지만 난 연예계 생활을 아예 안 할 생각을 하고 있다.

이중생활을 해야 하는 나로서는 그런 생활이 부담스럽기 때문이다.

"뭐, 필요한 거 없니?"

"괜찮아요. 참, 형. 형 통장 계좌번호 불러줘요."

"그, 그건 왜?"

난 스마트폰 전원을 켠 후, 윤승호의 기억을 더듬어 모바일 뱅킹에 접속했다.

"2456134—XX—234, ○○은행."

난 계좌번호를 입력하고 몇 번 더 터치를 하자 금액 입금란이 나온다.

"형이 나랑 일한 게 15개월쨌가?"

"으, 응. 벌써 그렇게 됐나?"

난 월 300만 원을 계산해 그의 통장으로 송금했다.

내가 돈이 많아서 퍼주는 것이 아니다.

배동수의 정당한 일에 대한 대가를 지불하는 것이다.

과거 내가 공장을 다닐 때 외국인 근로자들이 많았다.

난 공장 사장을 존경하거나 하진 않았지만 유일하게 감명받은 것이 있다면 일한 만큼 월급을 줬다는 것이다.

고졸에 아무 기술이 없던 내가 2년간 옥탑에 불과하지만 전세방이라도 얻을 수 있었던 건 공장 사장님의 그러한 철학 때문이었다.

"15개월 월급 300만 원씩 일시불로 지불했어. 미안해, 형. 그동안 내가 너무 생각 없이 살았어. 월급은 일단 300만 원으로 정했으니까. 앞으로도 고생해 줘."

"승호야……"

"형이 일한 대가니까 부담 갖지 마. 나 좀 쉴게."

"그, 그래."

"6시 되면 문 잠그고 퇴근해. 간호사에게 아무도 들여보내지 말라고 해주고."

감격한 표정으로 바라보던 배동수는 고개를 끄덕이며 문을 닫고 나간다.

신 사장은 그에게 날 감시하고 보고하도록 명령을 했었다.

그게 무서운 것은 아니지만 조금이라도 편안하게 생활하는데 도움이 되지 않을까라는 생각도 아주 약간은 있었다.

난 선도법 3단계를 하기 위해 침대에 누워 눈을 감았다.

◆　　◆　　◆

"후후~ 흡! 후후~ 흡! 후후~ 흡!"

발가락의 힘으로 온몸을 지탱하며 무릎을 살짝 구부린다.

그리고 선도술의 1단계에 나오는 27식(式)의 동작을 최대한 빠르게 반복한다.

이때, 중요한 건 호흡법.

일단 한 번의 공격과 방어의 동작을 세분화시켜 '뻗다, 치다, 당기다, 막다' 4단계로 나눈다.

뻗을 때 입으로 숨을 서서히 숨을 내뱉는다. 중요한 것은 모든 숨을 내뱉으면 안 된다. 다음, 칠 때 숨을 멈춘다.

그 다음, 당길 때 코로 빠르게 뱉은 만큼의 숨을 다시 흡(吸)한다.

마지막으로 반격에 대비해 막을 때 숨을 멈춘다.

호흡과 동작을 일치시켜 아주 천천히 연습을 하다 점점

속도를 높인다.

어느 순간이라도 27식의 동작을 호흡과 일치시켜 단번에 펼쳐 낼 수 있으면 선도술 1단계의 완성이었다.

선도술을 할 때 선도법 3단계도 같이하고 있다.

왠지 그렇게 하는 게 효과가 좋을 것 같아서였다.

내가 선도술을 시작한 이유는 선도법으로 내 육체와 윤승호의 몸에서 행할 때 생기는 차이점을 확실히 알 수가 없어서였다.

땀이 온몸에 흘렀고, 몸을 움직일 때마다 튀어 오른다.

"후우~~~~~"

남은 숨을 모두 뱉으며 자세를 바로하며 운동을 마쳤다.

똑똑!

샤워를 마치고 나와 책을 읽을까 하는데 노크 소리가 들린다.

"누구세요?"

이미 밤늦은 시간. 매니저도 이미 퇴근해서 문을 닫아두고 있었다.

"저예요."

저가 누군데?

하지만 아름다운 여자 목소리에 문을 안 열어줄 수가 없었다.

문을 여니 모자와 선글라스, 마스크까지 쓴 여자가 주변을 살피며 서 있다.

"누구……."

내가 누구냐고 묻기도 전에 이미 들어와 스스로 문을 닫아 버리는 정체불명의 여자.

누구인지는 몰라도 어떤 일을 하는 사람인지는 알겠다.

딱 봐도 연예인. 저러고 다니면 '사람들이 더 잘 알아볼 텐데' 라는 생각을 해 본다.

"건강해 보이니 다행이네요."

날 아는 사람 같은데 목소리만으론 도대체 누군지 짐작이 안 된다.

"응, 덕분에. 이쪽으로 앉아."

가장 무난한 대답을 하고 윤승호의 머릿속을 샅샅이 뒤져 본다.

하지만 찾기 전에 그녀가 먼저 선글라스와 마스크를 벗는다.

'아! SFS(Seven Fairys:일곱 명의 요정)의 은진이다.'

SFS는 윤승호와 같은 소속사의 걸 그룹으로 내가 제일 좋아하는 걸 그룹이었다.

그리고 은진은 윤승호가 사고 나기 전에 찝쩍대던 여자들 중 하나였는데 이렇게 병실까지 찾아올 정도라면 그의 찝쩍 댐이 통했다는 것이다.

은진은 스케줄이 끝나고 바로 왔는지 화장을 하고 있었는데 그 모습이 정말 요정과 같이 예쁘고 깜찍했다.

"흠, 마실 거 뭐 줄까?"

계속 눈을 마주치고 있을 자신이 없어 일어나 냉장고로

가서 물었다.

"물 있으면 주세요."

"자, 여기. 그런데 스케줄 끝나고 바로 온 거야?"

"네, 숙소에 들어갔다가 바로 나왔어요. 전부터 계속 병문안을 오고 싶었는데 틈이 안 났어요. 미안해요, 오빠."

TV에서 볼 때보다 몇 배 예뻐 보이는 얼굴로 미안하다고 하는데 애간장을 녹인다.

"전혁! 신경 쓰지 마. 지금 온 것만으로도 충분히 기뻐."

진심이 나와 버린다.

"휴~ 다행이네요."

왜 연예인, 연예인 하는지 알 것 같았다.

작은 머리에 오밀조밀한 얼굴.

보통 화장을 지우면 일반인들과 다를 바 없다고 생각했는데 이건 아주 반짝반짝거린다.

평소라면 바로 점핑을 시도했겠지만 차마 눈앞에 있는 귀여운 아가씨에게는 할 수가 없었다.

"오늘 얼마나 속상했는지 알아요? 공연 중에 춤추다가 앞으로 철퍼덕하고 넘어졌다니까요. 애써 일어나 모른 척하며 계속 췄는데 앞에 있는 관객들이 얼마나 웃는지 부끄러워 혼났다니까요."

"하하하하!"

"웃지 말아요."

정말이지 유쾌한 아가씨다.

'철퍼덕'을 말할 때 행동까지 그대로 보여주는 모습에 난

점핑

한참을 웃었다.

나도 윤승호의 기억 중 그녀가 겪었던 것과 비슷한 일을 말했다.

"나도 그룹 활동할 때 비슷한 일을 겪었어. 다들 왼쪽으로 가는데 나만 오른쪽으로 가는 거야. 순간 멍해지더라고 그때부터 안무가 하나도 생각나지 않아 노래하는 내내 다른 친구들 동작을 보며 따라하느라 반 박자씩 늦었다니까. 그래서 한동안 내 별명이 박치였잖아."

"아! 그거 저도 봤어요. 예능 프로그램에 나왔었잖아요. 호호호!"

"맞아. 그 때문에 한동안 안무 연습할 때마다 엄청 놀림 받았다니까. 하하하!"

난 원래 수다를 싫어했다.

어릴 때부터 주변 환경의 영향도 적지 않았지만 성격도 약간 내성적이었다.

하지만, 8년간의 어둠은 나의 성격을 완전히 바꿔 놓았다.

지안과 수다 떨기를 좋아하게 되었고, 누군가와 얘기를 나눈다는 것이 얼마나 기쁜 일이라는 걸 알게 되었다.

지금도 그렇다.

눈앞에 예쁜 아가씨를 두고 침대에 눕힐 생각보다는 이야기를 나누고 싶다는 생각이 더 컸다.

팬들이 보내준 과자를 같이 먹어가며 한참을 얘기하다 보니 시간 가는 줄을 몰랐다.

"오빠 전 이만 가봐야겠어요."

"헉! 벌써 12시가 넘었잖아. 미안! 내가 너무 오래 붙잡고 있었다."

어느새 그녀가 온 지도 2시간이 넘었다. 난 서둘러 그녀의 등을 떠밀었다.

"택시 타고 가서 오빠한테 꼭 전화해. 아님 걱정 되서 내가 못 자거든."

"괜찮아요. 효미 언니가 기다리고 있거든요."

"그래? 다행이다. 그럼, 조심히 들어가. 그리고 오늘 정말 고마워. 퇴원하고 다음에 한턱 쏠게."

"네! 호호호!"

난 그녀가 나갈 수 있도록 문을 열어주려 했다.

하지만 그러한 내 행동은 은진의 손에 의해 중단되었다.

그리고 그녀는 다시 돌아섰다.

"오늘 오빠랑 얘기를 해 보니 오빠에 대한 소문이 얼마나 잘못되었는지 알 수 있었어요. 그리고…… 지난번에 오빠의 제안 긍정적으로 생각해 볼게요. 그러니 빨리 퇴원하세요."

응? 윤승호가 했던 제안?

난 은진과 관련된 기억을 좀 더 자세히 알아보고자 했다.

하지만 그러한 생각은 일순간에 날아가 버렸다.

"이건 오빠가 빨리 나으라는 뜻에서 주는 병문안 선물이에요."

"……"

은은한 숨결과 함께 다가오는 입술을 난 거부할 수 없었다.

병문안 선물이라고 하지 않는가.

난 선물을 거절할 정도로 강한 남자는 아니었다.

"으응~"

한참 달콤한 키스에 매달리다 은진의 비음에 정신을 차린다. 그리고 입술을 뗐다.

주책스러운 손 같으니라고.

주인의 생각과는 전혀 상관없이 그녀의 상체를 더듬고 있었다.

정말이다. 이건 본능이다.

혹 의심스러운 사람 있으면 남자 친구에게 물어봐라.

"……갈게요."

"으, 응. 조심히 들어가."

붉게 상기된 얼굴.

그리고 방금 전까지 그녀의 입술에 있었던 립스틱은 깔끔하게 지워져 있었다.

문을 열고 후다닥 사라지는 그녀의 뒷모습을 잠시 눈에 담아본다.

문을 다시 잠그고 본능에 충실했던 내 오른손을 바라본다.

손가락은 방금 전에 느꼈던 크기만큼 적당히 구부러져 있다.

아무래도 연예계 복귀를 신중히 고려해 봐야겠다.

그나저나 윤승호 이놈은 은진에게 무슨 제안을 한 거지?

……

아무래도 연예계 복귀는 반드시 해야겠다.

◆　◆　◆

아직 환자였기에 특별히 카메라 앞에서 인터뷰해야 할 일
은 없었지만 병문안을 오는 이들이 꽤 있었다.

개중 연예인들도 꽤 있었는데 은진과 같은 여자 연예인들
은 더 이상 없었다.

하지만, 선도법과 선도술을 하는 시간을 제외하곤 찾아오
는 이들의 기억을 읽는 즐거움에 시간 가는 줄 몰랐다.

똑똑!

'또 다른 손님인가?'

"누구세요?"

"주사 맞을 시간이에요."

신미향의 목소리다.

"들어오세요."

쟁반을 들고 들어오는 신미향은 예전의 곰이 아니었다.

이제는 잘 빠진 여우라고 해야 할까?

약병에 주사기를 꽂아 쭈욱 뽑더니 안에 들어간 공기 방
울을 없애려고 손가락으로 몇 번 튕긴다.

난 오른손을 그녀에게 내밀었다.

"엉덩이 주사인데요."

난 단번에 신미향 안에 누가 있는지 알 수 있었다.

"너 지안이지?"

"아닌데요. 어서 바지 내려요."

간만에 나타나서 하는 소리가 바지 내리라니 야하기 그지없는 간호사다.

"그동안 뭐했기에 이제야 나타난 거야?"

난 그녀의 말을 무시하며 물었다.

"흥! 속은 척이라도 해줘야 하는 거 아냐?"

맞은편에 앉으며 테이블 위에 놓인 과자를 입에 넣더니 우물거리며 말을 잇는다.

"그래 톱스타로 지내는 생활은 어때?"

"별다를 것 없어. 대신 꽤 재밌는 기억을 가진 사람들이 많더라고."

"좋았겠네?"

"비디오 보는 것과 다를 바 없어."

물론, 거짓말이다.

비디오와 비교할 수 없는 스릴감과 마치 내가 겪는 듯한 느낌을 많이 받는다.

"훗! 여전히 거짓말은 서툴러."

"거, 거짓말 아냐!"

"알았어. 그렇다고 믿어주지. 그런데, 뭐하고 지냈어?"

"선도법으로는 내 육체와 연결할 방법을 못 찾겠더라고. 그래서 선도술 연습을 하고 있었어. 나머지 시간은 책을 주로 읽었고."

"판타지 소설?"

"응, 재밌잖아. 혹시 단서가 있을 수도 있고."

"핑계도 좋다. 앞으로 윤승호로 생활하려면 다른 책 좀 읽어야 해."

"네네, 알겠습니다. 그건 그렇고 넌 어떻게 지냈어?"

지안은 테스트한다고 지난주에 나간 후 한 번도 찾아오지 않았다.

도대체 뭘 하고 지내는지 궁금했다.

"별거 없어. 집 한 채 사고 쇼핑 좀 했지."

참 쇼핑 좋아한다.

그리고 집 한 채 산 걸 마치 구두 한 켤레 골랐다는 듯이 말하다니.

"그런 표정 짓지 마. 니 돈 사용한 거 아냐."

"어라, 이거 서운한 걸. 우리 사이에 네 돈 내 돈이 있었던가?"

"그래? 말은 고맙지만 돈 때문에 내가 이렇게 된 거잖아. 그러니 정확한 게 좋아. 병원 이사장의 남은 비자금을 꿀꺽 했어."

"하하! 이사장 억울해서 죽으려고 하겠다."

"호호호! 아마 괜찮을 걸. 내가 비자금과 관련된 기억을 지워 버렸거든."

이사장의 비자금을 어떻게 꿀꺽했는지 재미있게 얘기한 지안은 묻지도 않았는데 지난 일주일간 뭘 했는지 시시콜콜 말하기 시작했다.

꽤 단순한 얘기를 마치 엄청난 일을 겪은 것처럼 말하는 지안을 보니 빙그레 웃음이 나온다.

"참, 간호사의 기억 중에 네 방에서 후다닥 뛰쳐나가던 여자애를 봤는데, 누구야?"

"으, 응 그러니까 그게 누구냐 하면 말이지⋯⋯."

정말이지 다양한 책을 읽어야겠다.

딱히 변명이 안 떠오른다.

"걔 SFS의 은진이지?"

"어, 어. 근데 네가 어떻게 알아?"

"나도 윤승호의 기억을 모두 읽었잖아. 간호사의 기억과 비교해 보니 누군지 딱 나오던데?"

마치 바람 피우다 걸린 사람처럼 당황스럽다.

"뭐했어?"

"뭐, 뭘 해? 그냥 얘기만 나눴어. 스케줄 끝나자마자 왔는데 늦은 시간이라⋯⋯ 자, 잠깐 얘기만 하다가 갔어."

왜 이렇게 말이 더듬어지냐?

정말 정직하게 살아온 삶이 원망스럽다.

"후후~ 역시 남자들이란⋯⋯."

단순하다? 늑대다? 바람둥이다?

뒷말을 듣고 싶지만 차마 물을 수 없었다.

"바보야! 뭐 좀 하면 어때? 너도 혈기왕성한 남자 아냐? 설마 지금까지⋯⋯."

움찔!

거의 본능적인 움찔거림이다.

고등학교 시절 총각(?)이냐 아니냐로 얼마나 서로 자랑질을 해댔던가.

그때 난 침묵을 지키고 있어야 했다.

그 트라우마가 이럴 때 나타나다니.

"그랬구나아~ 그 흔치 않다던 희귀 동물을 바로 옆에서 보게 되다니."

이런 건방진 것 같으니라고.

감히 내 어깨를 두드리다니.

속으로는 이렇게 생각했지만 차마 말로 뱉지는 못했다.

"금아, 남자든 여자든 경험이 많은 게 좋아."

경험? 역시 아줌마들은……

"쓰으~ 연애 경험 말이야! 많은 경험을 해야 그만큼 이성에게 잘해줄 수 있다고 난 생각하거든. 그러니 앞으로 많이 사귀고 상처도 입고 상처도 입히고 해 봐. 내가 적극적으로 밀어줄게!"

전혀 위안이 되지 않는다.

한편으로는 그런 지안의 태도에 섭섭한 마음이 들기도 한다.

친구 사이이지만 약간 마음이 기울고 있었는데……

지안은 날 친구 이상으로 생각하지 않고 있음을 알고 있다.

그리고 그녀의 과거를 알기에 내 마음을 강요할 수도 없었다.

지안은 더 이상 사랑을 믿지 않았다.

9.
경험 쌓기

내 나이 29세. 하지만 여전히 정신 상태는 스물한 살 때 그대로다.

물론, 8년간 남들이 못하는 독특한 경험을 체험하고 있지만 말이다.

경험은 직접경험과 간접경험으로 나눌 수 있다.

직접경험이야 내가 직접 겪은 일을 말하고 간접경험은 책이나 동영상, 다큐멘터리 등을 통해 얻을 수 있다.

그렇다면 내가 남의 기억을 읽은 걸 곱씹을 땐 과연 그것이 직접경험이냐 간접경험이냐는 문제가 생긴다.

"간접경험이지. 네가 직접 겪은 게 아니잖아."

지안은 똑 부러지게 말했다.

하지만 간접경험이라기에는 너무나 사실적이다. 물론, 직접경험이라기에는 네가 기억을 바라볼 때 너무 객관적으로 바라본다는 것이다.

물론 주관적으로 바라볼 때도 있다.

그 짜릿함이란…… 험!

그때가 언제인지는 각자의 상상에 맡겨 본다.

선도법과 선도술을 행할 때를 제외하곤 지금까지 점핑을 하며 얻은 다양한 기억들을 재생해 보고 있다.

연예인이 되어 보기도 하고, 나상열이란 깡패가 되어 보기도 했으며, 과일 장수 아저씨가 되어 과일도 팔아본다.

"더! 더…… 아야!"

한참 기억을 체험하고 있는데 누군가 머리를 때리는 아픔에 깨어난다.

"간접경험을 해 보라고 했더니 그런 경험만 하고 있냐?"

"아냐! 이삿짐 아저씨가 장롱 설치하는 기억이야."

"그러니? 미안."

약간 미안한 표정을 짓는 백윤희의 탈을 쓴 지안.

물론, 난 이삿짐 아저씨에게 점핑을 한 적이 없다.

대신 엄청난 사기꾼에게 점핑한 적은 있었다.

경험은 역시 중요한 것이었다.

"그런데, 어떻게 들어왔어? 문은 잠겨 있었을 텐데?"

"톱스타 윤승호는 여전히 환자야. 밤에도 간호사들은 왔다 갔다 해야 한다고. 그렇다고 자는 사람 깨울 수 없으니 이렇게 하는 거야."

지안은 내 질문에 열쇠를 흔들며 설명한다.

"그건 그렇고, 이 밤에 어디 가려고?"

"응, 오늘부터 직접경험을 체험하러 가자고."

"나랑?"

"그럼, 당연하지. 난 밤 문화에도 꽤 경험이 많아. 넌 없잖아?"

"······."

'그렇게 확신하듯이 말하지 마!' 라고 하고 싶지만 진실이니 딱히 변명을 할 수가 없었다.

그리고 나도 역시 밖으로 나가고 싶었다.

"하지만, 윤승호의 몸으로 나갈 수 없잖아?"

"괜찮아, 내가 백윤희와 퇴근할 간호사를 같이 가자고 잡아뒀어. 들어가서 끝에 부분의 기억만 지우면 될 거야."

"좋아!"

난 백윤희가 불러 들어오는 간호사에게 점핑을 했다.

그리고 문밖에 '절대 깨우지 마세요.' 란 종이를 붙이고 병원 밖으로 나왔다.

그리고 병원 근처에서 점핑 대상자들을 살펴본다.

"쟤네들 어때?"

난 꽤 괜찮아 보이는 남녀를 가리키며 물었다.

"보기만 화려해 보일 뿐이야. 남자가 신고 있는 신발도 가짜. 여자가 들고 있는 백(Bag)도 가짜."

점핑을 하다 보면 대상자를 고를 때도 빈부의 격차를 최대한 살펴보게 된다.

호주머니에 몇 천 원밖에 없는 대상에게 점핑을 하게 되면 아무것도 할 수가 없기 때문이다.

영체에도 호주머니가 있다면 카드나 현금을 들고 다니면 될 텐데 하고 쓸데없는 생각도 자주 한다.

지안의 눈빛은 마치 먹이를 노리는 사자처럼 대상자를 물색하고 있다.

"쟤네들은?"

"패스!"

"왜? 내 눈에는 괜찮아 보이는데?"

"점핑해 보고 와."

내가 찜한 상대를 계속 거절하는 지안.

난 간호사를 잠깐 붙잡아 두라고 말한 뒤 내가 찜한 상대에게로 점핑을 했다.

그리고 기억을 읽고는 다시 간호사에게로 돌아왔다.

"어때?"

"쩝! 가난한 대학생 커플이었어. 데이트비용이라도 보태주고 싶었어."

역시 경험이란 이래서 중요한가 보다.

"저기 미용실에서 나오는 커플 보이지?"

"응."

"저들에게 점핑해."

아까 내가 봤던 애들과 다를 바 없어 보인다.

하지만 지안을 믿고 남자에게 점핑을 했다. 이질감은 순식간에 사라졌고 남자의 기억이 흘러들어 온다.

백효준. 스물한 살로 올해 꽤 유명한 대학교 음대생이었다.

강남에 많은 건물을 가진 집안의 아들로 그가 사는 집과 그동안 놀아온 삶을 봤을 때 최적의 점핑 대상자였다.

상대 여자는 같은 학교 1년 후배로 침대에 끌어들이기 위해 그동안 꽤 공을 들이고 있었다.

또한, 이 건물 주차장에 쌈박한 차까지 주차해 뒀다.

"금아, 갈까?"

팔짱을 끼며 방긋 웃는 낯선 그녀.

"얘 이름 효준이야."

"무슨 상관이야. 어차피 하루 동안 놀아보자고 하는 일인데."

백 번 지당한 말이다.

"그럴까? 안~"

난 지안을 '안' 이라고 부르며 그녀에게 어깨를 두르며 주차장으로 갔다.

차를 타고 이동한 곳은 시내에 있는 호텔 스카이라운지였다.

"똑바로 걸어. 넌 손님으로 온 거야."

"어깨 펴고, 턱은 살짝 올린 상태에서 턱만 그대로 당겨."

"숙녀의 의자를 빼주는 건 기본이야."

"모를 땐 그냥 추천 요리를 주문하는 것도 나쁘지 않은 방법이야."

……

창밖으로 펼쳐진 화려한 서울의 야경은 눈에 들어오지 않았다.

지안의 잔소리는 끊임없이 계속되었다.

속이 타는 기분에 물컵을 들어 마셨다.

"여기저기 눈치 보지 말고 좀 더 자신감 있게 마셔."

"적당히 해. 물먹고 체하겠다."

결국 퉁명스럽게 한마디 뱉는다.

하지만 딱히 기분이 나쁘거나 하진 않다.

난 지금 배우러 온 입장이니까.

병원 이사장이나 윤승호의 기억엔 이런 곳에서 식사하는 영상도 있었다.

하지만 그걸 볼 때와 행동할 때는 확실히 다르다는 걸 알 수 있었다.

"그런데, 안아. 어떻게 이들이 부자라는 걸 한눈에 알아차렸어?"

난 아까부터 궁금했던 것을 물었다.

"글쎄? 특별할 것 없어. 그런 사람들과 지내다 보면 자연스럽게 알게 되지. 하지만 굳이 구분을 해 보자면 일단 옷차림. 나라고 그들이 입고 있는 옷이 진짜인지 가짜인지는 구분할 수는 없어. 하지만 대략적으로 감이 오지. 아마 너도 윤승호로 지내다 보면 내 말이 무슨 말인지 알게 될 거야."

"감이라니…… 어렵네."

특별한 게 있다고 생각했는데 맥이 빠진다.

"하지만 옷차림보다 중요한 게 있어."

"뭔데?"

"행동이지. 모두가 그런 건 아니지만 가진 자들은 남의 시선을 의식하지 않아. 명품을 입었다고 행동을 딱히 조심해 하지 않고, 남들이 날 어떻게 생각하는지 상관없다는 태도를 보이거든. 그리고 은연중에 자신감이 넘치지."

애매한 말이다.

난 주변에 있는 손님들을 지안이 방금 말한 것들을 상기하며 바라봤다.

역시 구분하기 쉽지 않다.

다들 자신만만해 보이고 남들의 시선을 의식하지 않는 듯 보인다.

"저 커플은 어때?"

대각선으로 보이는 곳의 남녀 한 쌍이 그나마 이런 분위기와 어울리지 않는 것 같아 물었다.

지안은 살짝 뒤돌아 그들을 바라보곤 고개를 흔든다.

"남자는 좀 무리해서 이곳에 온 것 같은데 여자는 아냐. 입고 있는 옷이 수천만 원이 넘는 옷이야."

"에에? 그냥 시장에서 사 입은 옷처럼 보이는데?"

"내가 말했잖아. 부자라고 모두 그런 건 아니라고."

"포기다, 포기."

난 결국 포기했다.

귀찮더라도 점핑을 몇 번 더하고 말지라는 생각이 들었다.

음식 맛은 그저 그랬다. 지안의 잔소리 때문인지, 비싼 가격만큼 값어치를 못해서인지 모르지만 그냥 선지국밥 한 그릇이 훨씬 낫겠다 싶었다.

다만 즐겁게 식사하는 지안의 모습에 만족할 수밖에 없었다.

◆　◆　◆

밤 문화를 즐긴다. 밤 문화를 경험한다. 이때 빠질 수 없
는 것이 하나가 있다.

바로 클럽.

젊음의 상징과도 같으며 무수한 남성들이 클럽에 빠져 방
탕한 생활로 젊음을 허비하기도 한다.

"노래방이나 가자."

"됐거든. 빨랑 들어가지?"

나의 등을 계속 미는 지안이다. 하지만 왠지 발걸음을 떼
기 힘들다.

시끄러운 음악 소리, 예쁜 아가씨들이 한여름에도 보기
민망한 복장을 하고 우리를 지나쳐 안으로 들어가는 모습이
보인다.

백효준의 기억에 이런 곳에 대한 정보가 넘쳐 난다.

물론, 지금 내가 서 있는 이 장소도 백효준은 최소한 20
번 이상 들락거린 경험이 있는 곳이다.

부비부비 클럽.

처음 만나는 남녀가 서로의 몸을 부비며 상대를 탐색하고
그날 밤을 불태우는 곳.

백효준의 기억 속에 부싯돌 클럽이라는 단어가 가장 적절
한 표현인 것 같다.

부비다 불꽃이 튀면 원나잇스탠드.

결국 지안의 힘에 못 이겨 들어갔다.

어둠침침하고 뿌연 담배 연기로 가득한 곳에 수많은 남녀가 몸을 흔들고 있다.

헉!

'그러다 가슴 튀어 나오겠다.'

남자의 과도한 손동작에 한 여성의 뽀얀 가슴이 얇고 많이 패인 옷을 뚫고 나올 기세다.

얌전히 춤만 추는 사람들,

먹이를 찾는 늑대인 양 연신 두리번거리는 사람들,

호텔에 가지 여기서 왜 그 짓을 하고 있는지 싶을 정도로 과격한 부빔을 하는 이들까지.

맨 정신으론 도저히 끈적끈적한 사람들의 물길 속에 들어갈 엄두가 나지 않는다.

"건배!"

"건배!"

우리 둘은 일단 맥주로 정신을 흐릿하게 만들기로 작정한 듯 마셔대기 시작했다.

물론, 시선은 스테이지(stage)에 고정한 채로.

"가봐!"

"응?"

"가보라니까!"

술을 어느 정도 마시자 지안은 또다시 내 등을 떠민다.

"너, 너도 같이 가."

혼자서 들어갈 용기는 여전히 없었다.

"내가 경험하러 왔니? 난 술 먹고 있을 테니까 해 봐!"

"......."

난 지안의 기억을 알고 있다.

나이트클럽은 자주 간 것 같은데 그녀도 이런 곳은 처음이었다.

난 들고 있던 맥주병을 다시 원샷으로 비우고 스테이지 외곽으로 접근했다.

'우옷!'

열기가 엄청나다.

이 열기를 모으면 겨울 내 난방 걱정은 없지 싶다.

이 부비부비 클럽의 장점은 춤을 못 춰도 된다는 것이다.

비비는 기술은 딱히 없었다.

오직 본능에 맡기면 된다.

잠깐 몸을 음악에 맞춰 흔들다가 이게 뭐하는 짓인지 하는 생각이 든다.

'응?'

방금 전까지 없었던 아가씨가 몸을 흔들며 내 옆에 있다.

백효준의 기억을 살펴보면 나에게 관심이 있다는 표현.

백효준이 기억 속에서 하듯이 난 살짝 그녀에게 다가가며 리듬을 타본다.

묘한 자세.

짧은 반바지에 배꼽티를 입은 그녀는 내가 붙을 수 있도록 살짝 몸을 돌려 뒤를 내준다.

스테이지의 열기에 좀 전에 먹은 술 기운이 올라와서일까?

용기를 내어 그녀에게 좀 더 접근해 상체를 그녀의 어깨에 대며 비벼본다.

'오홋!'

거부반응은 전혀 없고 그녀도 좀 더 자극적으로 붙어온다.

어느새 내 손은 그녀의 골반에 얹어졌으며 내 허리는 음악에 맞춰 자연스럽게 앞뒤 좌우로 흔들어진다.

술의 기운이 나와 백효준의 일체화를 높여주는 건가?

기억 속 백효준이 하듯이 나는 점점 더 그녀에게 밀착한다.

내 손은 자연스럽게 그녀의 허리를 감싸 쥐고 그녀도 거부하지 않고 오히려 내 손을 받치듯이 잡고 흐느적거린다.

짧은 단발의 그녀의 어깨선과 쇄골, 심지어 탱크탑 옷이 움직일 때마다 살짝 벌어지며 뽀얀 속살까지 보인다.

얼굴을 그녀의 어깨 쪽으로 대며 목 부분에 키스를 한다.

'하읅!'

이런! 이 아가씨 왜 이리 적극적이지?

손이 어디로 오는 거야?

순간적으로 이성이 돌아왔지만 곧 사라져 버린다.

얼마나 시간이 흘렀을까?

더워도 너무 더웠다. 땀이 등으로 흐를 정도다.

그리고 술기운이 떨어졌는지 이성이 돌아온다.

정말 모든 곳을 더듬고 비볐구나라는 생각과 함께 피식 웃음이 나온다.

"덥지 않아?"

"무지 더워."

"술이나 한잔할래?"

"좋지."

그녀도 거부하지 않고 따라 스테이지에서 내려온다.

난 맥주 2병을 시켜 그녀에게 건네고 나도 목을 축였다.

그제야 지안이 생각났다.

'어디 갔지?'

그녀를 찾기 위해 두리번거린다.

"같이 온 사람 있어?"

"응, 근데 안 보이네."

"춤추고 있나 보지."

그런가 싶어 스테이지 쪽으로 눈을 돌렸지만 아까보다 더욱 많아진 사람들 덕분에 보이지도 않는다.

"여자야?"

역시 여자들은 눈치가 빠른 모양이다.

한 손으로 계속 허리를 감싸고 있던 손의 힘이 풀리며 내려간다.

"응, 그런데 친구야."

"그렇구나. 아무리 친구라도 이런 데서 혼자 놔두는 건 실례야."

전혀 아쉬운 표정 없이 너무나도 당연하다는 듯이 말하는 그녀.

난 괜스레 미안해졌다.

"미안."

"호호! 괜찮아. 그리고 파트너 없음 연락해."

"······?"

이건 또 무슨 말인가?

설마 백효준과 아는 사이인 건가?

기억을 더듬어 보지만 딱히 떠오르지 않는다.

"휴~ 기억도 못하니? 하긴 그때 많이 취해 보이긴 하더라. 샤이닝이라고 전화번호에 적어뒀잖아. 없음 말고."

망할 자식! 도대체 저렇게 예쁜 애를 기억 못한다는 게 정상적인 거야?

핸드폰을 꺼내 전화번호를 찾아보니 정말 샤이닝이라고 적힌 번호가 있다.

몇 번 백효준을 욕했지만 내 인생도 아닌데 너무 신경 쓸 필요는 없다.

맥주병을 들고 지안을 찾으러 스테이지를 돌아본다.

보이지 않는다.

'윗층에 있는 건가?'

계단을 타고 올라가 찾아보니 혼자서 열심히 흔들고 있는 지안이 보인다.

지금 지안이 차지한 아가씨는 착한 몸매, 착한 얼굴의 소유자.

당연 옆에서 치근거리며 춤추는 남자들이 보인다.

하지만 지안의 싸늘한 태도 때문인지 금방 투덜거리며 자리를 뜬다.

아직 날 발견하지 못한 그녀에게로 접근해 갔다.

그리고 뒤에서 살짝 그녀의 등에 가슴을 부빈다.

화들짝 놀라며 뒤돌아보는 그녀의 얼굴은 잔뜩 굳어 있었다.

하지만 나임을 확인하고는 당황한 표정으로 바뀐다.

"여기서 뭐해?"

난 그녀의 귀에 대고 소리쳤다.

"춤추고 있었다. 왜?"

"진즉에 같이 추지. 한참 찾았잖아."

"흥, 아까 호텔까지 갈 분위기던데. 그래서 비켜준 거라고."

참, 여자의 심리는 알 수가 없다.

자신이 등을 떠밀고는······.

"너, 내가 실패하기를 바랐구나."

수많은 간접경험 때문일까? 약간은 지안의 생각을 알 수 있을 것 같다.

"아, 아니거든!"

발끈하기는.

"나 딱지 맞았어. 그러니까 어떻게 해야 할지 좀 가르쳐줘."

몇 번 다시 콧방귀를 뀌었지만 계속된 나의 부탁에 그녀는 결국 화를 푼다.

내가 다른 사람의 기억을 읽은 것 중 가장 도움이 되는 건 역시나 사기꾼의 기억인가 보다.

그는 정말 머리가 좋은 사람이었다.

단 몇 분 말하고 전혀 모르는 이에게 하루 일당을 빌리기도 했고, 여자들을 속여 수천만 원을 사기치기도 했다.

꼬리가 길면 잡히는 법.

그도 결국 감옥에 몇 번 들락거리며 인생을 허비했고 지금은 지하철에서 노숙을 하고 있었다.

내가 맨 처음 이사장의 별장에서 돈을 훔칠 때 잠시 점핑했던 이가 바로 그였다.

"허리에서 손 안 떼?"

"후후후! 부비부비 클럽을 경험하러 왔으면 경험을 해 봐야지."

나와 지안은 어느새 입장이 바뀌어 있었다.

난 계속해서 그녀에게 부비부비거렸고 그녀는 화들짝 놀라면서 피하기 일쑤였다.

그렇게 우리의 밤 문화 체험은 재미를 더하고 있었다.

새벽 2시. 우리는 열기가 더해가는 부비부비 클럽에서 나왔다.

후루룩!

맛있게도 먹는다.

클럽에서 나오니 배가 고팠다. 그래서 근처의 포장마차에 들어와 가락국수를 먹고 있다.

"너 그렇게 먹어도 되냐?"

"냠냠! 살을 빼야 하는 건 내가 아니잖아."

참 쿨한 성격이다.

"이제 슬슬 들어가 봐야 하지 않아?"

"둘이 소주나 한잔할까?"

지안은 돌아가기가 싫은 모양이다.

나도 이왕 놀러온 김에 더 놀고 싶다는 생각이었다.

"콜!"

사실 요즘 같은 몸 상태라면 며칠이라도 밤새워 놀 수 있다.

점핑 대상자에게 오래 있기 위해 지금도 선도법 3단계를 꾸준히 하고 있다.

물론, 클럽에서는 정신 집중이 다른 곳에 올인(All—in) 된 상태라 하지 못했지만 요즘은 밥을 먹으면서 행(行)하는 정도야 누워서 떡 먹기다.

"어디로 갈까?"

가락국수를 먹고 나와 지안에게 물었다.

"저쪽 골목으로 들어가면 꽤 많아. 거기 괜찮은 집 알고 있으니 그쪽으로 가자."

난 지안을 따라 골목으로 들어갔다.

새벽 2시인데도 이 골목은 여전히 불야성이다.

일주일의 일과를 무사히 마치고 기분들이 좋은지 회사원 들로 보이는 이들이 웃고 떠드는 모습이 여기저기 보인다.

"저기 꼬치집 맛있어. 저리로 가자."

지안은 기분이 좋아 보였다. 내 손을 잡고 먼저 발길을 옮긴다.

"하하, 천천히 가."

하지만 좋은 기분은 갑자기 지안이 멈춰서며 끝이 났다.

"왜 그래?"

앞만 보고 얼어 버린 그녀를 보며 물었다.

하지만 그녀는 아무 말도 없었다.

대신 얼굴이 서서히 독기를 품기 시작한다.

난 그녀가 바라보는 곳을 바라봤다.

그 새끼!

지안의 남편이 동료로 보이는 이들과 술을 마시고 술집에서 나오는 모습이 보인다.

나는 어찌할 바를 몰랐다.

그녀의 분노를 알기에 뭐라고 할 수도 없었다.

다만 그녀의 잡은 손에 힘을 줄 뿐이었다.

"먼저 들어가 있어."

억눌린 분노가 말에 담겨 있었다.

"내가 같이 가줄게."

"괜찮아. 오늘 당장 복수할 생각은 없어."

그녀는 날 보고 있지 않았다.

조금씩 멀어지는 그 새끼에게서 시선을 떼지 않고 있었다.

지안은 내 손을 뿌리치고 그가 사라지는 방향으로 뛰어간다.

방금까지 따뜻하던 손이 허전해진다.

멍하니 그녀가 뛰어가는 모습을 바라본다.

그녀의 마음을 알기에 잡을 수가 없었다.

물론, 그녀가 무슨 일을 당할 것이라는 생각은 하지 않았다.

깡패를 만난다고 해도 나처럼 점핑 몇 번만 하면 벗어날 수 있을 테니까.

"돌아갈까?"

지안이 가 버리고 난 혼자가 된 듯한 기분에 중얼거려 본다.

혼자서 술을 마시기는 싫었다.

"파트너 없음 연락해."

아까 클럽에서 만났던 샤이닝의 말이 떠오른다.
그녀는 아직 있을까?
호주머니 속 핸드폰을 만지작거리다 꺼내 그녀에게 전화를 걸어본다.
신호는 가지만 받지 않는다.
끊으려는 순간 전화가 연결된다.
여전히 클럽인지 시끄러운 음악 소리가 마치 배경 음악처럼 들린다.
─효준아, 왜?
"소주 한잔할래?"
딱히 딴 말은 나오지 않았다.
─호호, 소주만? 알았어. 어디야?
난 그녀에게 내가 있는 곳을 설명했다.
이쪽 동네에 대해 잘 아는지 금방 오겠다는 그녀.
의미심장한 말이었지만 상관없다. 나도 술만 먹자고 전화한 것은 아니니까.
경험은 직접, 간접 경험만 있는 건 아니다.

10.
놈은 토끼였다

　백효준은 미칠 지경이었다.

　어제 그동안 공들인 1학년 후배, 홍민주와 만나기로 한 미용실에서 만났었다.

　그리고 미용실에서 나오는 순간 기억을 잃었고, 다시 눈을 떴을 땐 홍민주는 온데간데없고 낯선 여자애가 옆에 누워 있어 기급을 해야 했다.

　뭐, 그런 거야 간혹 있는 일이니 그렇다고 넘어갈 수도 있는 일이다.

　그런데 문제는 홍민주도 새벽에 집 앞에서 눈을 떴다는 것.

　"아니라니까! 나도 모르겠어."

　—선배 혹시 저에게 물뽕…….

"그런 소리하지 마. 아직 24시간이 지나지 않았으니 검사해 봐도 좋아. 하지만 나도 정신을 잃었다니까."

―그럼, 어떻게 이 일을 설명해요.

"하아~ 일단 만나서 얘기해."

―됐어요, 선배. 그렇게 안 봤는데 실망이에요.

"민주야! 민주야! 에이, 씨발!"

결국 그의 입에서 욕이 나온다.

백효준은 짜증이 나는지 자신의 머리를 마구 헝클어뜨린다.

오가다 만난 여자애라면 신경도 쓰지 않겠지만 민주는 학교 후배였다.

그렇지 않아도 자신에 대한 별로 좋지 않은 소문들이 학과에 퍼져 있는데 홍민주가 혹시나 물뽕 얘기를 꺼낸다면 완전 찍히게 된다.

어쩌면 쪽팔려서 과를 옮기거나 학교를 옮겨야 할지 모른다는 생각에 백효준은 다시 한숨부터 나온다.

"저, 손님. 여기는……."

"알아요. 이제 나갈 거예요."

호텔 직원까지 속을 긁는다.

그나저나 호텔 로비에서 고래고래 고함을 지르고 있었나 보다.

"학생 잠깐 얘기 좀 할 수 있을까요?"

부끄러움에 고개를 숙이고 빠르게 호텔을 나가려는데 또 다른 사람이 백효준을 붙잡는다.

"왜요?"

당연 효준의 말은 곱지 않았다.

하지만 상대의 표정은 변화가 없었다.

다만 명함을 건네며 다시 말한다.

"난 차영호라고 합니다. 절대 의심스러운 사람이 아닙니다."

효준은 차영호가 건네는 명함을 받아 쳐다본다.

삼행그룹 경호팀. 차영호.

물론, 효준은 명함만으로 그 사람을 믿을 정도로 어리석진 않았다.

하지만 그의 태도에 약간은 누그러지는 건 어쩔 수 없었다.

"무슨 일 때문에 절 부르신 거죠?"

"별거 아닙니다. 본의 아니게 학생의 통화 내용을 듣다 보니. 제 동생이 얼마 전에 겪었던 일과 너무 비슷해서 몇 가지 물어보려고요."

차영호는 차분히 말을 꺼냈고, 효준은 자신과 비슷한 일을 당했다는 사람이라면 뭔가 알 수 있을까라는 생각에 대화를 해 보기로 했다.

그가 아침 일찍부터 호텔에 있는 이유는 얼마 전부터 약간 이상한 행동을 보이는 이남호 차장 때문이었다.

그를 경호한 지 5년. 그동안 한 치의 흐트러짐 없이 생활하던 이남호가 요즘 들어 술집도 자주 가고 그곳 아가씨들과 곧잘 잠자리를 가졌다.

어제도 그곳 아가씨와 이 호텔에서 잠을 잤는데 경호 업무 특성상 계속 지키고 있어야 했다.

그렇다고 문 앞에서 기다릴 수 없는 일.

옆에 방을 구하고 기다리다가 나올 때가 되었다고 생각해 사제에게 문을 지키게 하고 자신은 호텔 로비에 나와 있었다.

그런데 로비에서 고래고래 고함을 지르는 청년을 봤고 그가 하는 말을 듣게 되었는데 그 행태가 자신들이 찾고 있는 정신 이동자의 짓과 흡사해서 대화를 시도한 것이다.

벌써 몇 달 전 정신 이동자에 대한 비상이 걸렸다.

하지만, 잔뜩 긴장하고 있는데 전혀 흔적이 없어 차영호는 곤란한 상황이었다.

그러다 한소그룹 회장이 갑작스럽게 사재(私財) 5,000억 원을 기부하는 일이 발생했고 이에 대대적인 조사가 들어갔다.

그러나 그건 정신 이동자의 소행이 아니라 한소그룹 회장이 자발적인 행동을 한 것이라는 결론이 났다.

그에 차영호의 입지는 더욱 좁아졌다.

암천회원 중 일부는 잘못된 정보로 설레발 친 거 아니냐고 곱지 않은 시선으로 바라보았다.

하지만, 또다시 정신 이동자에게 당한 것 같은 이가 나타났으니 말을 걸어본 것이다.

"상황을 나에게 자세히 말해주시겠어요?"

속이 쓰리다며 아침을 먹는 백효준에게 차영호는 물었다.

"자세하고 말 것도 없어요. 분명 민주와 미용실을 나온 것까진 확실히 기억에 나요. 하지만, 눈을 떠보니 이 호텔 방이더라고요. 그것도 잘 알지 못하는 여자와 함께요."

"그것에 대해 민주라는 아가씨는 뭐라고 하던가요?"

"걔도 기억이 전혀 안 난데요."

"네?"

차영호는 일순 당황했다.

한 명이 아니라 두 명이 동시에 정신을 잃다니.

정신 이동자가 두 명이 동시에 나타난 적은 없었기에 정말 저들이 마약을 한 게 아닌가 싶었다.

"제 말을 못 믿나보군요."

백효준은 기분이 나쁘다는 듯 말한다.

"아뇨. 그런 뜻이 아닙니다. 제 동생의 경우도 똑같은 일을 당했는데 그때는 동생 옆에 있던 사람은 모든 걸 기억하고 있었더군요. 그 친구도 말투만 평소와 조금 다를 뿐 제 동생이 아니라는 생각을 하지 못할 정도로 평소와 같이 행동했답니다."

"참, 신기한 일이네요. 어쨌든 걔도 전혀 생각 안 난다고 하는 걸 보면 거짓말은 아닌 것 같아요."

차영호는 그가 진실을 말하고 있다고 생각했다.

"호텔에서 같이 잤다는 여성은?"

"힘! 그야 저도 모르죠. 이미 나갔을 걸요. 그건 제가 술을 먹고 실수한 것 같아요."

그 여성에 대해선 별로 말하고 싶지 않다는 느낌을 받은 차영호는 말을 돌렸다.

"제 동생의 경우, 돈도 없어지고 카드 내역을 보니 이곳 저곳에서 사용했던데 학생은 어때요?"

"글쎄요, 돈은 크게 없어진 것 같지 않고 카드는 아직 확인 안 해 봤네요."

"핸드폰에 내역은 나오잖아요."

"이 카드 엄마 거예요."

"한 번 확인해 보세요. 제 동생의 경우 현금서비스까지 몽땅 빼갔더라고요."

차영호는 없는 동생을 갖다 붙이며 백효준을 부추긴다.

"잠깐만요."

백효준은 바로 단축번호를 누르더니 그의 엄마와 통화를 한다.

"엄마, 나. 어제 내가 쓴 카드 내역 좀 알 수 있어?"

─니가 쓰고 왜 그걸 니가 몰라? 설마 너 또 대마초하는 거 아니지? 그랬다간 너 아빠한테 다리 부러진다.

전화기의 성능 때문에 차영호는 그들 모자지간의 통화를 들을 수 있었다.

"아냐! 친구 놈들이 서로 결재했다고 우기고 있어서 그런 것뿐이야. 빨리 불러줘."

─기다려. 그건 그렇고 너 언제 들어올 거니? 좀 있다 기말고사잖아.

"교수님한테 아빠 양주 몇 명 갖다드리지, 뭐."

─으이구, 이 화상아!

엄마나 아들이나 똑같다고 생각하는 차영호다.

―△△호텔 스카이라운지에서 33만 원, 클럽에서 30만 원, 호텔에서 55만 원이네. 너 또 여자랑 있었어?

"아냐! 좀 있다 들어갈게. 끊어요."

차영호는 머릿속으로 재빨리 방금 들린 곳의 이름을 외웠다.

"들으셨죠? 동생분과는 좀 다른 경우 같은데요?"

"간 곳을 들었는데도 기억이 안 나요?"

"전혀요. 평소 제가 자주 가던 곳이라 그런 건가? 젠장!"

차영호는 눈앞의 백효준을 보면서 혹 잘못 짚은 게 아닌가 싶었다.

하지만 왠지 육감이 계속 조사하라는 신호를 보내고 있었다.

"일단, 그곳에 가서 CCTV를 살펴보면 되겠군요."

"아! 그 방법이 있었지. 아저씨 저도 같이 가도 되죠? 제발 민주와 같이 찍혀 있어야 할 텐데."

"그럼, 가볼까요?"

"좋아요."

차영호는 사제에게 전화를 해 잠깐 일이 있다고 한 후에 △△호텔 스카이라운지로 갔다.

"아, 글쎄. 정말 제 지갑이 사라졌다니까요. 그때 테이블에 놓고 온 게 분명해요."

아는 경찰을 데리고 가야 했지만 백효준의 기지로 녹화된 장면을 확인할 수 있었다.

"보셨죠? 지갑은 없습니다. 숙녀분과 결재를 하신 다음에도 지갑 같은 건 놓고 가시지 않았습니다."

담당자가 설명을 했지만 백효준은 전혀 듣고 있지 않았다.

"맞아요, 얘가 바로 민주예요."

다만 차영호를 보며 기쁘게 소리쳤다.

차영호는 고개를 끄덕여 주고 화면을 뚫어지게 쳐다봤다.

연신 두리번거리는 남자. 침착하게 앉아 있는 여자.

'여자에게 정신 이동을 한 후 남자에게 정신을 잃게 하는 약을 먹인 모양이군.'

차영호는 대략 상황을 이해할 수 있었다.

하지만 그는 두 명의 정신 이동자가 있다는 사실은 전혀 알아차리지 못했다.

"처음 정신을 잃은 동네가 어디였죠?"

차영호는 녹화 영상의 카피본을 받고 희희낙락한 백효준에게 물었다.

"거기가 ○○동이었어요. 대학가 근처에 걔네 집이 있거든요."

"제 동생에게 그런 짓을 한 범인의 흔적을 발견하게 되다니 고마워요."

"저도 제 누명을 벗을 영상을 찾았으니 됐어요."

민주에게 전화를 하는 백효준을 뒤로하고 차영호는 생각을 정리했다. 아직 상부에 정식으로 말하지 않을 생각이다.

어느 정도 확신은 하지만 물증도 없이 말했다가 또다시

자신의 사부를 곤란하게 할 수는 없었다.

"그 방법이 좋겠군."

택시를 타고 이남호에게로 돌아가던 차영호는 좋은 생각났다.

아르바이트생들을 이용해 그 동네에 깜박 정신을 잃었던 적이 있는 사람들을 조사해 볼 생각이었다.

약간의 사은품과 아르바이트생 고용 비용이 들겠지만 확실히 하기 위해선 그 정도 투자는 할 만했다.

우연히 지나다 정신 이동을 했을 가능성이 더 높았지만 지푸라기라도 잡는 심정으로 해 볼 작정이었다.

◆　◆　◆

―……식물인간이 되었던 배우이자 가수인 윤승호 씨는 정신을 차렸지만 간혹 정신을 잃고 쓰러지는 증상으로 연예계 복귀가 사실상 무기한 연기가 되었습니다. 담당 의사의 말씀을 들어보시죠.

―윤승호 환자의 경우는 극히 희박한 경우입니다. 혼수상태에 빠졌다가 깨어났고, 다시 혼수상태에 빠져 일주일이 지난 후 다시 일어났습니다. 그리고 이틀 전 다시 12시간 정신을 잃고 일어났기에 지금으로서는 딱히 설명을 드릴 수가 없습니다. 앞으로 몇 가지 검사와 테스트를 진행한 후에……

―이에 소속사는 윤승호 씨의 건강이 먼저라며…… 삐리링!

난 TV를 껐다. 다행히도 나의 연기가 먹힌 것이다.

사실 연기랄 것도 없었다.

그냥 의사 앞에서 윤승호의 몸에서 내 육체로 돌아갔을 뿐이다.

덕분에 의사 책상에 부딪치며 코를 다쳤지만 말이다.

"승호야, 걱정 마. 잘될 거야."

매니저 배동수가 기운 내라는 듯 말한다.

"괜찮아, 형. 정신 차린 것만 해도 만족해."

난 병원에 더 오래 버틸 수 있다는 것에 만족했다.

물론, 조금 고민이 되긴 한다. 언제까지 이러고 있을 수는 없는 일이니까.

"그나저나 저것들은 다 뭐예요?"

병실 한편을 가득 메우고 있는 선물 상자들에 대해 물었다.

요 며칠 계속해서 쌓이고 있어 처치 곤란한 지경이다.

"팬들이 보낸 거야. 오늘이 빼빼로 데이잖아. 아마 오늘 더 많이 쌓일 걸."

윤승호는 참 행복한 놈이었다.

무슨 날만 되면 팬들이 보내는 각종 선물들과 편지들이 한 트럭은 되었다.

각종 인형과 장신구는 기본.

명품 지갑과 옷까지 그의 팬들의 선물은 나로서는 상상도 할 수 없는 것들이 많았다.

"치울까?"

그런데, 윤승호는 그걸 아주 당연하다고 생각했다.

그리고 괜찮다 싶은 걸 제외하곤 다 쓰레기통행이었다.

이해는 한다.

아마 그가 지금까지 받은 인형만 모았어도 그가 살던 집은 인형으로 가득 찰 정도로 많이 받았으니까.

하지만 좋은 곳에 쓸 수도 있지 않은가.

어린 시절 고아원에 있을 땐 그런 인형 하나만 있어도 좋겠다는 생각이 간절했었다.

"형, 크리스마스카드하고 펜 좀 사와."

"뭐하려고?"

"병원에서 할 일도 없잖아. 팬들한테 편지 보내기는 뭐하고 간단한 카드나 보내 보려고."

"그냥 쉬어. 지금 몸 상태도 좋지 않은데……."

역시 배동수는 내 변화에 놀라는 표정이다.

요즘 꽤나 저런 표정을 자주 짓는다.

"얼른요."

"아, 알았어."

후다닥 뛰어가는 그. 난 옆에 쌓인 선물 박스를 보며 괜한 짓을 하는 거 아닌가 싶어진다.

하지만 뭔가 할 것이 있다는 것 자체로 만족했다.

지안은 '그 새끼'를 만난 이후로 복수 계획을 앞당기려는지 두문불출이었고, 난 윤승호의 몸을 이용해 영체와 육체를 이을 수 있는 방법을 찾기 위해 노력하고 있었다.

선도술과 선도법도 하루 이틀이지 지루한 시간엔 사람들

에게서 읽은 기억들을 내가 겪는 것처럼 느껴보는 시간을 가졌다.

그런데, 그런 시간을 가질수록 스스로 바뀌고 있다는 걸 알았다.

마치 여러 사람이 혼재되어 있다는 느낌?

오늘 같은 경우도 마찬가지.

굳이 팬들에게 카드를 쓸 필요가 없었다.

그냥 인터넷 펜클럽에 들어가 인사말을 남기는 것만으로 충분했다.

하지만, 점핑한 사람 중 몇 명이 직접 자신이 좋아하는 스타에게 친필 편지를 받고 직접 만났던 기억을 느껴보면서 이러한 결정을 내리게 된 것이다.

"형, 일단 선물 박스부터 하자."

박스 채 사온 카드 중 한 장을 펼쳐 놓고 선물을 개봉했다.

시기가 시기인 만큼 기다란 과자류가 쏟아진다. 과자는 그중 하나만 남겨두고 다시 박스 안으로.

난 편지를 읽었다.

구구절절 아픈 윤승호를 위로하는 내용과 쾌유를 바란다는 내용.

그리고 사랑한다는 말은 몇 번 나왔다.

편지 봉투와 편지지에 쏟은 정성이 보인다.

To. 유지희

편지와 선물 잘 받았어요. 지희 양의 글을 보니 힘이 나네요. 빨리 나아 여러분을 볼 날을 기대하고 있을게요.

과자는 너무 많아 다 먹으면 뚱뚱해질 것 같아 조금만 먹을게요.

그럼, 남은 한 해 잘 보내고 앞으로도 많은 사랑 부탁해요.

지희 양에게 힘을 얻은 윤승호가

간단한 내용을 적고 몇 번 사인을 연습한 후 카드에 사인을 했다.

"형은 주소 적어."

"주소? 알았다."

박스 나르랴 주소 적으랴 나보다 바쁜 매니저.

하지만 월급을 주니 열심히 일해야 하는 것 당연하니 신경 쓰지 않았다.

짧게 적는 카드라 선물 박스들은 빠르게 처리되어 갔다.

"형, 저기 한쪽으로 치워둔 건 뭐야?"

"주소 안 적힌 것들과 약간 수상한 것들. 저건 나중에 밖에서 내가 열어보고 줄게."

팬들도 편지와 선물을 보내지만 안티 팬들도 꽤 많이 보낸다.

윤승호의 기억을 살펴보면 가관이다.

선물만큼 종류도 다양하다.

그중 특히 많은 것이 윤승호의 사진을 괴상하게 조작해 보내는 경우가 많았는데 그 정도면 그냥 애교로 넘어가는 수준이었다.

"크크크! 얜 엄청 지능적이네."

"왜?"

"중간 중간에 말만 싹 바꿔서 은연중에 죽어 버리지 왜 살았냐고 써져 있어. 하하하!"

"웃음이 나오냐?"

"그럼, 울어? 하하하하!"

편지 읽기를 잘했다.

그들의 진심이 느껴져 있는 글들이 많았고, 다른 사람들이 생각하는 윤승호에 대해 알 수 있었다.

손가락이 아팠고, 배동수가 퇴근해 내가 할 일이 많아졌지만 즐거운 마음으로 카드를 쓸 수 있었다.

◆　◆　◆

꿈을 꾼다.

선도법을 행하다 어느새 잠이 든 걸까?

하늘을 자유롭게 날아다닌다.

지안과 스카이라운지에서 봤던 서울의 야경보다 훨씬 높은 곳에서 바라본 서울의 야경은 어린 시절 고아원에 설치된 크리스마스트리만큼 아름답다.

난 그 아름다움을 구경하며 날아다닌다.

꿈이라기엔 너무 현실감이 넘친다.

이렇게 생각까지 하고 있지 않은가?

더 높이, 더 높이.

서울이 아니라 대한민국이 한눈에 보인다.

'더 높이 올라가 볼까?'

혼잣말을 중얼거려 본다. 그렇게 하긴 싫다는 간접적인 나의 표현이었다.

난 이제 돌아가고 싶었다.

돌연 느껴지는 따뜻함들. 그 수가 수백은 되어 보인다.

난 그중 하나를 선택했다.

팟!

방금 전까지 보이던 대한민국은 보이지 않고 어떤 방이었다.

'응? 여긴 내가 만든 곳 같은데?'

그랬다. 내가 점핑 상대에게 만들어 뒀던 방이었다.

─당신은 언제나 행복하답니다.

4면의 벽에 붙어 있는 문장은 한 문장이었다.

어라? 내가 이런 글을 누구에게 적어뒀었지?

나의 의문에 기억들이 들어온다.

'과일 장수 아저씨!'

이사장의 별장에서 깡패들과 만났을 때 잠시 몸을 이용했던 분이다.

그때, 사과 값과 매 값(?)으로 500만 원을 남기고 갔었는데, 그 돈은 생활비와 애들 교육비에 사용했다.

그리고 무엇보다도 기쁜 건 내가 남겨둔 글처럼 정말 하루하루 행복하게 살고 계시는 것이다.

'꿈이라 이런 것도 가능한 건가? 하하!'

재밌는 꿈이다.

이 아저씨를 보니 그때 그 깡패들은 어디 있는지 보고 싶다.

뭔가 간질거리는 느낌. 무작정 몸을 맡겨본다.

팟!

'헉! 깜짝이야.'

심장이 떨어질 뻔했다.

방 한가운데 내가 만들어 놓은 귀신이 떡하니 버티고 있어서다.

내가 만든 귀신에 내가 놀라다니.

'착하게 살자.' 라는 글을 보며 기억을 읽어 들였다.

'나상열이었군.'

나상열과 그 일당은 요즘 그나마 일반인들을 괴롭히지 않고 착실하게 살아가고 있었다.

하지만 귀신 때문에 꽤나 고생하는 모양이다.

난 나상열의 정신세계에 있는 귀신을 없애고 새로운 문장을 추가했다.

—태어날 자녀들에게 부끄러운 아버지가 되지 말자.

이 글이 어떤 영향을 미칠지 모른다.

하지만 잘되길 바라며 귀신을 없애러 다섯 명 중 한 명에게로 점핑을 한다.

'이게 정말 꿈일까?'

여기저기 돌아다니다 생기는 의문.

내가 정신세계에 방을 만들어둔 이들과 연결 고리가 생겨 자유롭게 점핑을 할 수 있는 건 아닐까?

난 다시 내 육체로 돌아왔다. 정확히 13번째 사람에게 점핑을 하다가 당기는 힘을 느끼고 돌아온 것이다.

난 다시 선도법을 행하기 시작했다.

만일 이런 식으로 점핑이 가능하다면 난 윤승호로 살아갈 수도 있고 내 육체와 영체를 연결만 하면 내 몸으로도 살아갈 수 있게 되는 것이다.

아니, 내가 원하면 미국 대통령이 될 수도 있을 것이다.

묘한 기대감에 가슴이 두근거리는 것 같다.

선도법을 충분히 한 후 원거리 점핑을 시도해 본다.

하지만, 꿈이라 생각하던 때처럼 대상이 느껴지지 않는다.

'정말 꿈인가?'

결국 실패하고 지안과 내가 있는 방의 TV 켜지는 소리에 유체 이탈을 했다.

지금 시간 오전 8시.

30분 뒤에 매니저인 배동수가 올 것이라 윤승호에게 점핑을 해야 한다.

가만히 지안을 바라본다.

오늘도 역시 나오지 않고 있다.

그냥 윤승호에게 갈까 하는데 그녀의 백회 부근 홀에서 영체가 스윽 나온다.

'요즘 어떻게 된 게 얼굴 보기도 힘드냐?'

약간의 서운함을 누르고 장난스레 말을 건넨다.

'미안, 잘 지내고 있지?'

'쳇! 친구만 아니면……'

그녀를 봐서 기뻤지만 말은 계속 퉁명스럽게 나온다.

'그래, 친구니까 봐줘라. 그리고 곧 준비가 끝나니……
끝나고 놀러 다니자.'

지안은 표정의 변화 없이 말한다.

뭐, 복수를 한다고 하니 용서를 해줄까?

'그나저나 어젯밤 재밌는 일이 있었어.'

'무슨 일?'

그녀는 내 말에 관심을 보인다.

'꿈인지 현실인지 모르겠는데 원거리 점핑이 가능했어.'

'원거리 점핑?'

'응, 편의상 멀리 있는 사람들에게 점핑하는 걸 그런 식
으로 부른 것뿐이야.'

'그런데?'

'내가 정신세계에 방 만드는 거 알지?'

'그야 나도 몇 명한테는 만들어뒀지.'

난 마치 자랑스러운 발견한 사람처럼 밤에 있었던 일을
설명했다.

'그게 가능하단 말이야?'

'아직. 내 몸으로 돌아와 열심히 점핑을 해 보려 했는데
쉽지 않네.'

'음, 잘됐으면 좋겠다. 그럼, 너도 윤승호로 잘 지낼 수 있잖아.'

'응……'

나도 참 이기적인 놈이다.

어떻게 지금까지 이 생각을 못하고 있었지.

난 윤승호의 몸을 차지했는데 지안에 대해선 신경도 안 쓰고 있었다니……

정말이지 나 자신에 대해 실망감이 든다.

'지안아, 이번에 원거리 점핑이 가능해지면 너에게 맞는 몸도 찾아보자.'

분명 윤승호처럼 영체가 사라진 사람을 찾을 수 있을 것이다.

원거리 점핑이 가능하면 한 번만 지안이 수고하면 그 육체를 움직일 수 있을 터.

'으, 응. 그래.'

'미안, 그동안 널 생각 못했어.'

'괜찮아. 나도 생각 못했던 일인데. 고마워.'

지안은 환하게 웃는다.

'에엑! 시간이 다 됐다. 난 윤승호에게로 갈게. 혹시 어디 가더라도 아침엔 꼭 와. 내가 원거리 점핑이 가능하면 바로 가르쳐 줄게.'

'알았어. 즐거운 하루 보내.'

난 그녀에게 손을 흔들고 벽을 뚫고 윤승호 방으로 가 점핑을 했다.

◆　◆　◆

원거리 점핑은 쉽지 않았다.

벌써 이틀 밤을 뜬 눈으로 원거리 점핑을 시도했지만 실패했다.

그때의 느낌을 다시 느껴본다면 쉬울 것 같은데 하늘을 나는 꿈도 더 이상 없었다.

'뭐가 부족한 걸까?'

짧은 머리로 생각해 본다.

그리고 한 가지 결론을 낸다.

너무 막연하게 점핑했던 대상자들을 느끼려 해서 그런 건 아닐까?

한 명만 꼭 집어서 해 볼까?

난 원거리 점핑을 할 대상을 생각해 냈다. 바로 신미향.

지안이 예전에 나와 뭔가 통할 것 같다는 끔찍한 말도 했을 만큼 나와 떼려야 뗄 수 없는 인연이 있는 아가씨.

오늘 퇴근을 했으니 아마 집에서 단잠에 빠져 있을 것이다.

난 선도법을 행하며 신미향을 머릿속으로 그려보며 생각한다.

집중이 되지 않는다.

요즘 신미향은 정말 몰라보게 예뻐졌다.

아무리 그렇다고 해도 난 그녀가 곰처럼 지내던 때를 알고 있었기에 그런가 보다.

집중! 집중!

날씬한 몸매, 요즘 따라 부쩍 예뻐진 얼굴만 생각하며 의식을 집중했다.

그렇다고 해도 좀처럼 나아간다는 느낌이 들지 않는다.

'그녀의 방은 어떨까?'

요즘 한 번도 신미향에게 점핑을 한 적이 없었다.

항상 신미향은 지안의 차지였다.

그녀의 정신세계에 만들어놓은 방을 그려보고 여전히 지안의 조각상이 있을까 궁금했다.

팟!

얼떨결에 성공했다.

눈에 가장 먼저 보이는 건 역시나 내가 만들어둔 조각상.

그런데 방은 많이 달라져 있었다. 방이 아니라 이젠 복층 구조의 빌라라고 해야 할까?

지안은 신미향의 정신세계에 방이 아니라 아예 집을 지어두었다.

과연 이런 집 구조는 신미향에게 어떤 영향을 미칠지 궁금하다.

'어라?'

기억이 들어오는데 뭔가가 좀 이상하다.

다이어트를 하는 장면과 병실에 누워 있는 지안을 바라보는 장면만 있을 뿐 다른 기억들이 없다.

보통 타인의 몸에 들어가 기억을 읽을 경우 그 사람이 살면서 중요하다고 생각하는 기억들이 내 머리로 들어온다.

그리고 내가 좀 더 자세한 내용을 원하면 좀 더 세분화된 기억이 나에게로 전해진다.

그런데, 신미향은 더 자세한 내용을 보고 싶어도 볼 수가 없다.

난 방에서 그녀의 의식세계를 열었다.

그리고 그녀의 기억을 보기를 원했다.

좌르르 필름 모양으로 보이는 그녀의 기억들.

한데 필름의 일부분이 검게 칠해져 있다.

'뭐야? 지안이 신미향에게 뭔 짓을 하는 거야?'

의문이 생긴다. 복수를 위해 신미향을 이용하려는 건가?

'그렇다고 해도 이런 식으로 기억을 지워 버리면 어쩌자는 거지?'

더 이상 생각해 봐도 소용이 없었다.

지금 중요한 건 신미향이 아니라 내가 원거리 점핑이 가능해졌다는 것이다.

내일 지안에게 물어보기로 하고 다시 원거리 점핑을 하기로 했다.

감각이 남아 있을 때 최대한으로 익숙해져야 한다.

이번에는 누가 좋을까?

결정! 백윤희.

신미향에 이어 가장 많이 점핑을 한 상대이니 적당한 대상이다.

난 백윤희를 생각하며 그녀의 정신세계에 만들어뒀던 방

을 생각한다.

　—자신을 소중히 하자.

그래 그거였다.

나의 의지가 그녀의 방에 닿자 내 정신은 빠르게 어디론
가 나아간다.

'어?'

약간의 이질감.

백윤희는 깨어 있었다.

그래서 정신세계가 아니라 바로 육체를 차지하게 된 것이
다.

'침대?'

순백색의 침대가 눈에 보인다.

그리고 약간의 몽롱한 기분. 마지막으로 내 몸속으로 뭔
가가 들락거리는 느낌……

이런 썅!

난 기급을 하고 시선을 뒤로 돌렸다.

우욱! 어떤 망할 자식이 뒤에서 열심히 운동(?) 중이다.

이 새끼! 저리 안 꺼져!

도저히 구역질이 나서 더 이상 참을 수가 없었다.

난 바로 열심히 운동 중인 인간에게로 점핑을 시도했다.

이 수모와 황당함 때문에 집중하기 쉽지 않았지만 나의
모든 의지를 쏟아서라도 성공하겠다는 일념 때문인지 점핑
에 성공했다.

처음 점핑을 시도한 사람이라 약간의 시간이 필요했다.

그래 방금 전의 일 따윈 잊어버리자.

그리고 그 일에 대한 보답(?)을 받아보자.

"끝났어요? 정말 좋았어요."

귀와 눈을 차지했는데 성의 없는 말을 던지고 백윤희는 벌써 일어나 있었다. 그리고 나의 귀에 속삭인다.

그러더니 휑하니 샤워실로 가 버린다.

'아냐! 아냐! 잠깐 멈춘 것뿐이라고!'

몸을 차지하는 짧은 멈춤에 그녀는 착각을 한 것이다.

몸을 차지했지만 어디서 불어오는지 모를 찬바람에 더워져 있는 이놈의 몸을 식힌다.

방금 날 유린(?)했던 놈의 기억이 들어온다.

놈은 토끼였다.

11.
숨도 못 쉬게 안아주마

차영호는 아르바이트생들이 모아온 자료를 살펴보며 연신 컴퓨터에 입력한다.

"사형, 뭘 하십니까?"

"응, 개인적으로 알아볼 게 있어서."

차영호는 사제 문철용의 물음에 간단히 답했다.

문철용도 정신 이동자에 대해 알고 있지만 지금은 알아보는 단계라 말을 꺼내기가 껄끄러웠다.

"이남호 차장은?"

"여전하죠. 뭐에 홀린 사람처럼 자신이 하고픈 일을 하는 것 같아요. 덕분에 저희가 편해지지 않았습니까?"

삼행그룹에서는 이남호의 이상한 행동에 제동을 걸기 위해 새로운 경호원들을 투입했다.

너무 오랫동안 경호원이 바뀌지 않아 해이해졌다고 생각을 했는지 모르지만 덕분에 정신 이동자에게 정신을 집중할 수 있어 차영호는 만족했다.

"전 선도술이나 좀 해야겠습니다. 고생하십시오."

"그래."

모니터에 시선을 떼지 않고 차영호는 대답을 한다.

자료를 모두 입력하고 천천히 스크롤을 내리던 그의 눈빛이 빛난다.

'주변에 순간 기억상실을 겪은 이들이 생각보다 많아!'

그들의 직업을 살펴보면 워낙 다양했지만 유독 눈에 많이 들어오는 직업이 있었다.

간호사.

그리고 남녀의 비율도 상대적으로 여성이 많았다.

차영호는 노트북을 들고 자리에서 일어났다. 그리고 바삐 발걸음을 놀린다.

대부분 한옥으로 지어진 건물들을 이리저리 움직여 가던 그는 선도당이라는 현판이 걸린 고즈넉한 건물 앞에 섰다.

"영호더냐?"

"예, 스승님!"

"들어오너라."

"예!"

영호는 조심스럽게 신발을 벗고 창호지를 바른 옛 문을 열고 안으로 들어갔다.

그곳에는 '도(道)'라고 휘황찬란하게 적힌 글 앞에 가만히 눈을 감고 있는 노인이 정좌를 하고 있었다.

"무슨 일이더냐?"

그는 노인에게 절을 하고 멀찍이 무릎을 꿇고 앉는다.

"여쭈고자 하는 것이 있어 왔습니다."

"말하거라."

"혹시 정신 이동자 중에 여자도 있었습니까?"

"드물긴 하지만 간혹 여자들도 있었지. 뭐라도 찾은 것이
냐?"

"아직 확실하지는 않습니다. 하지만 조사를 하고 있습니
다."

차영호는 말을 하면서 숙인 고개를 들지 않고 계속 말을
잇는다.

"그런데, 정신 이동자들은 성별을 따져 정신 이동을 하는
것이 맞습니까?"

"반드시 그런 건 아니지만 그럴 수밖에 없다. 그들은 이
동을 한 후 대상자의 기억을 읽게 되는데 남자가 너무 많은
여자의 기억을 읽게 되면 정체성에 문제가 생긴다고 하더구
나. 예전에 조사한 경우를 봐도 여자는 여자에게 남자는 남
자에게 정신 이동을 하는 경우가 더 많았다."

차영호는 자신의 생각이 틀리지 않았다는 생각에 고개를
끄덕인다.

"어느 정도 친척이 있었나 보구나. 왜 알리지 않았느냐?"

간단한 책망에 그의 머리는 마치 바닥에 닿듯이 내려간
다.

"숨기고자 한 것이 아니었습니다. 다만 스승님께 누가되는 것 같아……"

"쯔쯔! 회(會)의 어리석은 자들의 말에 귀를 기울이다니……"

"죄송합니다."

"그들은 정신 이동자들의 무서움을 몰라서 하는 소리다. 그들을 얼마나 빨리 잡느냐가 관건이다. 설령 그들이 미치기라도 한다면……"

"제 생각이 짧았습니다. 용서해 주십시오."

"아니다. 지금부터라도 형제들과 같이 움직이도록 해라."

"알겠습니다. 스승님."

"그래, 의심이 되는 지역이 어디더냐?"

"○○동의 종합병원입니다."

"누군지 찾기가 쉽지 않겠구나. 서서히 좁혀 들어가도록 하거라. 실수가 없어야 한다."

"알겠습니다."

차영호는 다시 스승에게 누가될까 걱정스러웠지만 그의 스승 말을 따르기로 했다.

혹 다른 말이 있을까 기다렸지만 더 이상 아무 말이 없어 조용히 일어나 문을 나서는 차영호였다.

◆　◆　◆

'표정이 왜 그래?'

'아, 아냐.'

'아무래도 수상한데?'

'수, 수상은! 참, 어제 드디어 원거리 점핑에 성공했어.'

'잘했네.'

지안은 자랑스러운 듯 말하는 금을 보니 자연스레 칭찬이 나온다.

원거리 점핑에 성공했다니 한편으로는 그에게 조금 덜 미안할 것 같다는 이기적인 마음도 들었다.

'원거리 점핑에서 가장 중요한 건 아무래도 정신세계에 만들어놓은 방이나 각인한 글인 것 같아. 점핑 대상자를 생각하고 방과 각인한 글을 생각하면 원거리 점핑이 가능하더라고.'

'그래?'

'응, 어제 내가 점핑을 할 때······.'

참 착한 남자다.

지안은 원거리 점핑에 대해 하나라도 더 자세히 설명하고자 하는 금이를 보고 생각했다.

그런 그를 보고 있으니 가슴 한 켠이 아파옴을 느꼈지만 애써 마음을 잡는 지안이었다.

처음 그를 만났을 때가 생각났다.

지안은 어둠 속에서 오로지 그녀의 남편을 만들고 그 형상을 죽이고 또 죽이는 행동을 반복하고 있었다.

그러다 잠시 정신을 잃었고, 깨어보니 평소 보지 못하던 테이블과 편지를 보았다.

깜짝 놀랐다.

자신의 정신세계에 들어올 수 있는 사람이 있다니.

편지를 읽고 그녀는 미친 듯이 그 사람에게 자신의 궁금한 점을 적어 나갔다.

6시간의 기다림은 어둠 속에서 지냈던 시간보다도 길게 느껴졌다.

그리고 다시 정신을 잃었고 깨어보니 새로운 편지.

누군가와 이런 식으로 대화를 할 수 있다는 것에 지안은 만족했다.

그리고 항상 제정신이 아니던 그녀에게 변화가 생겼다.

점점 과거의 그녀로 바뀌어간 것이다.

어느 날, 받은 편지에 유체 이탈 방법에 대한 글이 적혀 있었다.

그녀는 뛸 듯이 기뻤다.

드디어 자신의 공간을 빠져나간다는 생각에 유체 이탈에 매달렸다.

몸이 나아간다는 것을 느끼게 되었고, 금을 만났다.

그녀가 생각하기에 금은 너무나 순진해 보였다.

그를 잘 이용하면 남편에 대한 복수도 가능하리라 생각했다.

그리고 그의 점핑하는 능력을 알고 싶었다.

하지만 그가 그 어둠의 공간에서 8년간 지냈다는 걸 알고 그녀는 그 생각을 버렸다.

자신도 배신을 당해 이런 꼴이 되었는데 자신을 어둠에서 빼내준 금에게 그럴 수 없다는 생각이 들어서였다.

금에게는 한 가지 습관이 있었는데 그건 바로 혼잣말을 중얼거린다는 것.

그가 정신 이동을 할 때마다 들리는 이상한 주문.

그녀는 그 주문이 바로 정신 이동시 필요한 것이라 생각하고 듣고 외우기 시작했다.

하지만 마지막 부근에서 알아듣기가 쉽지 않았다.

지안은 알고 싶었지만 그에게 요구하지 않았다.

분명 요구한다면 그는 가르쳐 줄 것 같은데 그를 곤란하게 만들고 싶지 않았다.

'내 말 듣고 있는 거야?'

'당연하지. 자주 들락거리던 대상에게 원거리 점프가 더 쉽다고 했잖아.'

'맞아, 그리고…….'

지안은 또다시 설명 중인 금을 바라본다.

금은 잘생기지도 그렇다고 똑똑하지도 않은 사람이다.

하지만 그를 바라보는 그녀의 눈빛은 따스함이 있었다.

'바보!'

지안은 금이 듣지 못하도록 낮게 중얼거렸다.

그를 표현하는데 그보다 정확한 단어는 없다고 생각했다.

돈에 대한 욕심도 많고 응큼함도 있었지만 마치 아이처럼 표정과 행동에서 다 나타났다.

금의 그런 모습이 싫지 않은 지안이었다.

혼잣말하던 버릇마저 서서히 사라져 가는 금이었기에 주

문을 완성하기는 힘들 것이라 생각했고 그가 가르쳐 준 선도법에 매달리고 있을 때였다.

—지안아, 밖에 나가고 싶었지? 미안. 내가 그동안 너무 내 생각만 했나 보다. 내가 정신 이동 방법 가르쳐 줄게.

역시 바보였다.

미안한 얼굴로 말하는 금을 보며 자신이라면 절대 그런 비법 따위 남에게 가르쳐 주지 않았을 텐데라고 지안은 생각했다.

그녀에게 정신 이동은 또 다른 새로움을 느끼게 해주었고, 드디어 상상 속으로만 하던 복수를 할 수 있다는 생각에 뛸 듯이 기뻤다.

'그런데, 신미향에게 어떻게 한 거야?'

'응? 신미향이 왜?'

금의 질문에 지안은 속으로 놀랐지만 겉으로는 모른 척 말을 받았다.

그녀는 눈앞의 금과 다르게 얼굴에 표정을 보일 만큼 순진하지 않았다.

'그녀의 기억이 이상해. 기억들 일부가 까맣더라고.'

'그건 아마…… 내가 테스트한다고 3일 동안 머문 다음부터 생긴 증상일 거야.'

지안의 표정이 살짝 변했다 원래대로 돌아간다.

그녀는 진실을 말할 뻔했다.

금에게는 쉽사리 거짓이 나오지 않는 그녀였다.

결국 진실과 거짓을 약간 섞기로 결정했다.

'선도법을 배우고 오래 머무는 테스트를 했거든. 그때 3일 정도 한 사람의 몸에 있으니 변화가 생기더라고. 뭐랄까? 내 육체와 연결이 끊기는 느낌이랄까?'

'그래서? 위험했던 거 아냐?'

지안은 금의 얼굴에 나타난 걱정스러운 표정에 가슴이 아팠다.

항상 자신과 관련된 일에는 저런 표정이다.

지안은 금의 마음을 알고 있었다. 하지만 그녀는 그가 행복하길 바랐다.

'위험한 일은 하지 마! 내가 윤승호의 몸에 3일간 머물면서……'

'그러지 마. 내가 보기엔 그 사람과 일체화가 되어 버려. 내 육체가 죽어 버릴지도 모른단 말이야. 그리고 그때 강제적으로 연결이 끊으면 영체에 손상을 입는다고.'

속으로 바보라고 말하며 지안은 사실을 말해줬다.

그녀가 한동안 그 앞에 나타나지 못했던 이유이기도 했다.

'알았어. 대신 앞으로 테스트 금지야. 그냥 쇼핑이나 하면서 복수 준비나 해.'

'휴~ 알았어. 나도 복수전까지 무리하지 않을게.'

'복수 후에도 마찬가지.'

'알았다니까.'

워낙 강렬한 금의 눈빛에 지안은 결국 그러겠다 할 수밖에 없었다.

'너 윤승호에게 가야 하는 거 아냐?'

'아! 시간이 벌써 이렇게 됐네. 그럼, 나중에 봐.'

'그래.'

평소처럼 벽으로 이동하지 않고 순간적으로 사라지는 금을 바라보는 지안.

그가 사라진 후엔 누워 있는 그의 육체를 가만히 바라본다.

'바보…….'

지안은 한때 복수를 포기하고 금과 그냥 지금처럼 지낼까 라는 생각도 했었다.

하지만, 그 새끼를 보고 다시 솟구친 분노는 좀처럼 가라앉지 않았다.

결국 오랫동안 준비해 왔던 복수를 진행하기로 마음을 먹었다.

가만히 눈을 감고 원거리 점핑을 준비하는 지안.

금의 말이 맞다면 신미향에게 원거리 점핑은 그리 어렵지 않을 것이다.

팟!

지안의 모습은 금방 사라진다.

방 안에는 영혼 없는 두 육체가 가늘게 숨을 쉬고 있을 뿐이었다.

◆　◆　◆

신미향은 공원에서 조깅 중이었다. 이제 지안이 보기에도 예전의 자기와 비슷한 몸매를 가지게 되었다는 것에 만족했다.

가장 먼저 해야 할 일은 정신세계에 들어가는 일.

오전이라 공원은 한산했다.

한쪽에 마련된 벤치에 편하게 앉았다. 그리고 유체 이탈과 일체화를 하며 신미향의 정신세계로 들어갔다.

이곳에서 할 일은 아까 금이에게 원거리 점핑에 대해 들을 때부터 생각하고 있었다.

그가 이 공간에 남겨둔 글을 찾아 없애기 시작했다.

다시 금이 신미향에게 점핑을 할 수 없도록 하기 위해서였다.

방을 모조리 정리한 지안은 금이 만들어뒀던 조각상 앞에 섰다.

그녀가 생각만 해도 사라질 조각상. 지안은 가만히 쳐다보고만 있을 뿐이다.

한동안 그를 떠나 있어야 했기에 그의 흔적이라도 놔두고 싶었지만 거의 원거리 점핑을 막아야 했기에 어쩔 수가 없었다.

'휴~'

지안의 긴 한숨 소리와 함께 조각상은 흔적도 없이 사라진다.

그녀는 잠시 조각상이 사라진 공간을 바라보고 있는데 갑작스럽게 정신세계가 흔들린다.

처음 겪어보는 일이라 잠시 당혹스런 표정을 짓던 지안은 곧 신미향과 일치화를 한다.

눈을 떴을 때 보이는 건 누군가에게 공원의 으슥한 곳으로 끌려가고 있는 신미향의 몸이 보인다.

거친 손이 자신의 입을 막고 있었고, 다른 한 손은 옆구리를 돌아 가슴 부근을 움켜쥐고 있었다.

지안은 상황을 파악했다.

그리고 알 수 없는 분노가 솟구치는 걸 느꼈다.

그리고 발작적으로 몸을 흔든다.

"가만히 있어, 씨발! 얌전히만 있으면 목숨은 살려둘 테니. 킬킬킬!"

"아주 팔딱팔딱 뛰는 활어 같군. 크크크!"

두 명이었다.

일단 시선이 닿는 곳에 누구라도 있어야 했기에 최대한 고개를 돌리려 했다.

하지만 남자의 억센 팔에 고정이라도 된 듯 움직이지 않는다.

지안은 작전을 바꿔 온몸의 힘을 뺐다.

"크크크, 그래. 너한테도 나쁘지 않을 거야."

타인에 의해 끌려가는 몸은 공원의 가장 으슥한 곳에 도착을 했다.

"이거 보이지? 그냥 얌전히 있다가 가면 돼. 우리는 피를 안 봐서 좋고 넌 그냥 이번 일을 잊고 살면 그뿐이야. 오케이?"

뒤에서 들이 밀어지는 칼과 역한 입 냄새에 인상이 찌푸려졌지만 지금은 별 도리가 없었기에 고개를 끄덕였다.

"그래, 그래. 킬킬킬. 혹시 처녀라면 약간 피는 볼 수 있지만 그건 우리 탓이 아냐. 알았어?"

"그럴 리가 있겠냐? 빨리해, 등신아!"

둘의 대화에는 신경 쓰지 않았다. 오직 그들의 홀이 눈에 띄기만을 바랐다.

"혹시 모르니 동영상 찍어."

"새끼, 아주 동영상 찍는데 재미가 들려서는……."

한 놈은 옷을 벗기고 있었고, 다른 한 놈은 핸드폰을 꺼내더니 앞쪽으로 모습을 드러낸다.

지안은 놈의 홀을 느끼자마자 그에게 점핑을 했다.

더러운 이질감에 기분이 좋지는 않았지만 지금은 그게 중요한 게 아니었다.

신미향의 하의가 거의 다 벗겨졌기 때문이다.

어쩐 일인지 자신의 정신으로 돌아왔을 신미향은 자신의 상황을 이해를 못하고 있는지 아님, 침착한 건지 놈이 하는 대로 그대로 있었다.

"크크크, 몸매 죽이는데 잘 찍어라."

"응!"

지안은 일체화를 이루고 그의 말대로 어느새 손에 쥐고 있던 돌로 그의 머리를 찍었다.

"어~ 헉!"

괴상한 소리와 함께 머리가 터진 남자는 그대로 신미향의 몸으로 넘어진다.

신미향은 그런 그를 침착하게 밀어서 치운 후, 옷을 추스르고 일어선다.

그리고 가만히 피를 흘리는 남자를 바라보더니 지안이 몸을 차지한 남자를 보며 말한다.

"감히 네가 가질 몸에 손을 대다니. 용서할 수가 없어."

주변이 얼어붙을 만큼 차가운 목소리로 말한 신미향은 그대로 지안이 들고 있던 돌을 뺏어 남자의 머리를 때리기 시작했다.

퍽퍽!

끔찍한 소리와 함께 신미향의 몸 여기저기에 피가 튄다.

"그만해."

지안이 몸을 차지한 남자가 저음의 목소리로 신미향을 저지한다.

"알았어. 그런데 그 남자는 어떻게 할 거지?"

지안은 피묻은 돌을 한쪽으로 던지고 피 묻은 얼굴을 옷으로 쓱쓱 닦으며 일어나는 그녀를 본다.

지안은 그런 그녀의 모습이 이미 익숙한 듯 아무런 표정 변화가 없었다.

신미향에게 지안이 처음 점핑을 했을 땐 참으로 연약하고 마음 약한 여자가 그녀였다.

겉(?)으로 보기에만 강해 보일 뿐이었다.

그러던 그녀가 자신을 닮고 싶어 한다는 걸 알게 되었다.

또한 그것이 금이가 그녀의 정신세계에 만들어 둔 조각상과 글 때문이라는 걸 어렴풋이 알게 되었다.

그때, 지안은 복수에 신미향을 이용할 생각을 처음 하게 되었다.

그래서 그녀의 무의식의 세계뿐만 아니라 의식세계에도 지안 자신을 닮도록 부추겼다.

여기까지는 그녀가 자신을 닮고 싶어 한다는 걸 제외하곤 아무 문제가 없어 보였다.

그러나 지안이 3일 동안 신미향의 몸에 머물면서 신미향은 완전히 바뀌었다.

영체에 손상을 입어 3일이 지난 후 신미향에게 들어간 지안을 놀랄 수밖에 없었다.

바로 지안 자신의 기억이 신미향에게 전이되어 버린 것을 알게 되었다.

심지어 영체로 지낼 때까지의 모든 기억까지.

몸은 신미향이지만 정신은 이미 곽지안이 되어 버린 그녀.

지안은 신미향에게 잘못을 빌고 싶었지만 때는 이미 늦었다.

문제는 지안이 3년간 남편에게 복수하겠다는 그 일념과 잔혹성마저 그대로 닮아 버렸다는 것이다.

"기억을 읽고 있는 거야?"

"응."

신미향의 물음에 간단히 대답한 지안은 남자의 기억을 읽었다.

죽일 놈들!

족히 백 명이 넘어 보이는 여자들이 이 두 놈에게 인생이 더럽혀지는 영상이 펼쳐졌다.

"내가 칼로 찌를까?"

지안의 잔뜩 찌푸린 얼굴을 봐서 그런지 신미향이 물었다.

"아니. 증거를 남길 필요 없겠지."

지안은 남자의 몸을 이용해 주변의 큰 돌을 한쪽으로 모았다. 그리고 자신의 몸을 뒤져 나온 칼을 돌과 돌 사이에 잘 고정시켰다.

"어쩌려고?"

지안은 아무 말 없이 나무를 기어오른다. 남자의 몸이라 어렵지 않게 나무를 올라 굵은 나뭇가지에 올라선다.

"호호호! 정말 괜찮은 생각인데?"

"넌 내려가 있어."

"보이는 곳까지 내려가 있을 게 확실히 해야지."

신미향이 거리를 벌리자 지안은 나뭇가지 뛰어내릴 준비를 한다.

바로 그의 밑에 돌덩이들과 날카로운 칼날이 번뜩이고 있다.

지안은 몸의 힘을 빼고 그 돌무더기로 몸을 기울인다.

옆에서 보기에는 남자가 나뭇가지 위에서 자살을 하려는 듯이 몸을 그대로 그 돌무더기와 칼 위로 떨어져 내리는 모습이다.

팟!

지안은 원거리 점프를 해 버렸다.

방금 전 핸드폰으로 영상을 찍으려던 놈은 눈을 한 번 감았다 떴을 뿐인데 변화가 있다는 걸 알 수가 있었다.

날카로운 칼과 바위가 자신의 머리로 다가오고 있었다.

"으!"

칼이 눈을 파고들며 끔찍한 고통이 올라왔지만 비명을 지를 틈이 없었다.

퍽!

바로 돌무더기에 머리가 터져 나가는 소리가 그의 마지막 기억이었다.

멀리서 그 모습을 지켜보고 있던 지안은 아무 일 없다는 듯이 얼굴을 슥슥 문질러 피를 지운 후 집으로 향했다.

◆　◆　◆

"왜? 엉덩이가 간지러워?"

"아뇨!"

원거리 출장을 나온 헤어디자이너의 물음에 난 신경질을 냈다.

며칠이 지났는데도 자꾸 들락거리던 무언가가 생각이 나서 짜증이 솟구친 것이다.

앞으로 여자들에게 점핑을 할 땐 정말 주의를 기울일 작정이다.

"다 됐다. 환자가 이렇게 멋있어도 되는 거니?"

그의 말마따나 정말이지 거울 속의 나, 윤승호는 멋졌다.

만일 내가 이런 모습을 길거리에서 봤다면 밥맛이라고 할 스타일이지만 내가 살아가야 할 몸이니 관대히 봐주기로 했다.

"고생했어요, 형. 나중에 밥 한 끼 살게요."

"어머, 너 죽다가 살아나서 인간이 되었다고 그러더니 정말이구나? 내 평생 너한테서 고생했다는 소리를 다 듣다니."

"누가 그런 소릴 해요?"

"……아냐. 그냥 그런 소문이 있어서."

눈동자를 보니 저 뒤에 고개를 움츠리는 배동수 저 인간이 소문을 냈나 보다.

눈치는 정말 빨라 금세 밖으로 후다닥 나가 버린다.

"이제 퇴원하려고?"

"아뇨, 병원에서 여러 가지 검사를 다시 해서 당장은 힘들어요. 대신 이제 쉬엄쉬엄 일해야죠."

"광고 때문에 그런 건 아니고?"

참 이 사람 말 많다.

당연히……

광고 때문이다. 도대체 며칠 일하고 3억이라니.

부담도 없다. 병원에서 며칠 출퇴근하면 되니까.

"나중에 술 근사하게 쏴~ 흐흐흐!"

난 의자에 앉은 윤승호의 몸을 넘어지지 않게 살짝 뒤로 한 후, 헤어디자이너에게 점핑을 했다.

원거리 점핑이 가능하니 많은 이들에게 방을 만들어두는 것이 좋은 것 같다는 유치한 생각에서였다.

물론, 주변인에 대해 잘 알아두는 것도 좋은 일이라 생각도 있었다.

'Shit!'

정말이지 요즘 되는 일이 없나 보다.

기억을 읽으니 그는 바이(동성애와 이성애를 같이하는 양성애자를 일컫는 말.)였다.

1인칭 시점으로 때론 남자와 때론 여자와 놀고(?) 있는 장면이 현란하게 펼쳐진다.

마치 두 사람의 몸에 동시에 점핑을 한 기분이다.

하지만, 할 일을 멈출 수는 없는 일 유체 이탈과 동시에 다시 그의 정신세계로 접속해 방을 만들고 글자를 남겼다.

—정체성을 찾자.

아주 간단한 문장이었지만 이 사람에게 좀 도움이 될 거라고 생각했다.

"이런 깜빡 졸았나 보다. 필요할 때 또 불러~"

"들어가요. 흥흥흥……."

젠장! 내가 정체성을 찾아야겠다.

한동안 여자들과 바이에게는 점핑 금지다.

머리만 살짝 만지고 화장은 하지 않은 채 TV 연예 프로에 인터뷰를 했다.

아직 병이 낫지는 않았지만 활동하기에는 불편함이 없다는 점을 말해야 했다.

안 그러면 광고를 찍을 수 없기에 눈 가리고 아웅 하는 작전이었다.

퇴원을 한다고 해도 딱히 불편할 것은 없었다.

바로 활동을 재계할 것은 아니었다.

"주사 맞을 시간입니다."

인터뷰를 마치고 쉬고 있는데 백윤희가 들어온다.

씁쓸한 추억이 머리를 스치고 지나간다.

내가 토끼도 아닌데 좀 찔린다고 할까?

난 손을 내밀었다.

"오늘은 엉덩이 주사예요."

앤 도대체 패턴을 안 바꾼다.

"지안아, 장난치지 마."

"네? 전 백윤희입니다. 그리고 오늘부터 주사를 바꾸는 것으로 기록되어 있어요. 선생님께 확인시켜 드려요?"

너무 확실하게 말하는 그녀인지라 의심이 약간 사라진다.

점핑을 하면 확실하겠지만 당분간 여성에게 점핑 금지다.

"미안합니다. 제가 착각을 했네요. 이 정도면 되나요?"

난 침대에서 살짝 몸을 돌려 바지를 약간 내리며 물었다.

"좀 더 내려주세요."

"네."

"좀 더요."

"네……."

다시 의심이 스멀거리며 올라온다. 하지만 늦었다.

찰싹!

"윽! 곽지안!"

"ㅎㅎㅎㅎ! 결국 속았지롱!"

장난스럽게 웃는 그녀.

에궁! 장난이니 뭐라고 할 수도 없고.

"쩝! 그런데 원거리 점핑은 성공했어?"

"응. 지금 신미향에게서 백윤희로 점핑한 거야."

"휘~ 정말 빠르네. 난 며칠만에 겨우 해낸 건데."

오전에 가르쳐 줬는데 벌써 원거리 점핑을 하다니. 난 축하 인사를 다르게 표현했다.

"머리가 다르잖아, 호호호!"

"그래 니 똥 굵다."

"어머, 숙녀한테 그런 말을 사용하다니. 톱스타가 그런 말하면 안 돼요."

"괜찮거든. 난 금이잖아."

한참을 둘이 시시덕거린다. 그러다 그녀가 너무 오랫동안 방에 있다는 걸 알고 물었다.

"이제 가봐야 하지 않아?"

"응. 그런데 너한테 부탁이 있어."

"말해. 내가 뭐든지 들어주지."

"그래?"

짓궂은 표정으로 바뀌는 지안을 보며 바로 말을 더했다.

"가능한 것만. 하하하!"

"어렵지 않을 거야. 내가 들어갈 만한 몸 찾아줄 수 있어?"

"당연하지! 이제야 결심한 거야?"

난 기쁘게 소리쳤다.

"응! 대신 내일부터 당장 알아봐 줘."

"알았어. 내일 아침부터 바로 찾으러 갈게."

언제 마음이 바뀔지 모르니 최대한 빨리 구해주는 게 좋을 것 같아서 난 두말 않고 말했다.

"고마워!"

"아냐, 너 몸 찾으면 윤승호와 같이 지내면 되겠다. 내가 아주 멋진 바디를 가진 여성으로 구해줄게."

"마음에 안 들면 퇴짜 놓을 테니까 알아서 해."

"걱정 마!"

난 자신 있게 대답했다.

"또 한 가지 부탁이 있어."

"뭔데?"

오늘따라 약간 이상해 보이는 지안이다.

물론, 평소에도 조금은 이상했으니 평소와 같은 건가?

"꼬옥 한 번 껴안아 줘."

"켁! 적당히 해라. 아무리 윤승호가 좋다고 하지만 매번 이러면 곤란해."

하지만 왠지 지안의 표정에 거절을 할 수가 없었다.

"확실하게 문은 닫았어?"

"물론이지. 오늘은 마땅한 핑곗거리도 없잖아."

"쳇! 윤승호가 부러워지는군. 이리 와."

난 두 팔을 쫘악 펴고 백윤희의 탈을 쓴 지안을 받아들였다.

"좀 더, 꽉!"

그래, 숨도 못 쉬게 해주마.

난 그녀를 더욱 꽉 안았다.

"고마워, 그리고 미안해, 금"

"흥, 이번이 마지막으로 안아주는 거야. 난 톱스타라고."

"그래…… 그래……."

지안의 손에 힘이 들어가는 게 느껴진다.

'참 윤승호가 그렇게 좋은가?'

이해가 안 되는 행동을 하는 지안은 그렇게 오랫동안 날 껴안고 있었다.

12.
운수 좋은 날

평소와 다를 바 없는 하루의 시작.

밤새 선도법을 행하다 TV 소리에 밖으로 나왔다.

지안은 어디를 갔는지, 아님 쉬고 있는지 윤승호에게 점 핑할 때까지 모습을 보이지 않는다.

윤승호에게 점핑한 난 의사 선생님을 만나 간단히 내 상 태에 대해 들었다.

물론, 그들의 말은 길었지만 결국 내가 간혹 정신을 잃는 것에 대해서는 아무 방법이 없다는 얘기였다.

지금까지 단 한 번도 나와 지안이 있는 방에 오지도 않던 인물들이 여기는 어지간히도 들락거린다.

난 윤승호가 아니라 나 자신과 지안을 위해 그들의 노고 에 감사했다.

그래야 앞으로 환자들에게 조금이라도 신경을 써주지 않을까 하는 마음에서였다.

"형, 준비해 왔어?"

"응, 밖에 있어. 근데 나가도 될까?"

"괜찮아. 의사 선생님한테 허락받았으니까."

"그렇다면 다행이고."

물론, 의사 선생님에게 아주 잠깐 외출한다고 했다.

잠깐은 원래 개인마다 기준이 다르니 상관없다.

"옷 여기 있다."

"고마워, 형."

환자복에서 배동수가 준비해 준 옷으로 갈아입었다.

마지막으로 모자를 눌러쓰니 남들이 알아보기 쉽지 않아 보인다.

"가요."

여전히 내 외출을 탐탁지 않게 생각하는 배동수를 잡아끌고 밖으로 나왔다.

"주차는 어디에다 해뒀어?"

"지하 주차장에."

우리는 지하 주차장으로 갔다.

"여기야."

매니저답게 아주 조심스런 목소리로 날 부른다.

"미안, 이 차밖에 빌릴 수가 없었어."

"괜찮아요. 이 정도면 훌륭하지."

말은 훌륭하다고 했지만 정말이지 오래된 차였다. 내가

사고를 당하기 전에는 꽤 인기가 좋은 모델이었지만 지금은
거의 찾아볼 수 없는 차종이다.

프라이드 왜건 97년형.

불안한 마음과 달리 차의 상태는 꽤 좋았다.

"어디로 갈까?"

"경기도 ㅁㅁ병원."

"거긴 왜? 거기서 치료받으려고?"

"아니. 그냥 일이 있어서 가는 거야."

지금까지완 다르게 아주 편하게 앉아 창밖의 풍경을 구경
해 본다.

윤승호의 몸을 차지해서 이게 무슨 호사인가 싶다.

하지만 이왕 윤승호가 되었으니 내 육체가 다시 움직인다
고 해도 열심히 지내볼 생각이다.

금이의 이중생활.

캬하하하! 뭔가 있어 보이지 않는가!

"승호야, 창문 좀 닦아줘……."

"……."

창밖의 풍경은 더 이상 보이지 않는다.

날씨가 추워서인지 앞좌석 창문에 서리가 끼면서 얼어붙
고 있었다.

히터도 소용이 없었다.

난 열심히 사이드미러가 보이게 연신 창문의 서리를 제거
해야만 했다.

차도 몇 번씩 세워서 운전석의 서리를 제거하고 다시 달

려야 하는 상황.

짜증이 물밀듯이 밀려온다.

택시를 타고 갈 것을.

"승호야, 안 추워?"

"괜찮아. 이러다 경기도까지 가는데 하루 종일 걸리겠다, 형. 다른 곳도 들러야 하는데."

생각해 보니 배동수는 벌벌 떠는데 난 전혀 춥지 않다.

'윤승호가 추위에 강한 체질인가?'

난 아주 어렸을 때부터 겨울이 싫었다.

겨울만 되면 난방비 때문에 고아원에서도 최대한 난방을 하지 않았다.

손님이 오는 크리스마스, 명절 때가 되어서야 아주 잠깐 따뜻함을 느낄 뿐이었다.

특히 옥탑방에서 보낸 겨울은 정말이지 악몽이었다.

창문을 비닐로 막고 전기장판까지 틀어놔도 등만 따뜻할 뿐 얼굴은 콧물이 얼 정도로 추웠다.

"11시 넘어가면 한결 괜찮을 거야."

그때와 비교하면 지금 상황은 그야말로 한 나라의 왕자가 부럽지 않았다.

자연 짜증은 사라졌다.

역시 올챙이일 때를 잊으면 안 된다.

"형, 그러지 말고 근처 식당이나 들어가. 그래서 11시 넘어서 나오자고."

"그래도 될까?"

"응. 형 그렇게 추위에 떨다가 사고 날 것 같아."

배동수는 다행이라는 표정을 지으며 근처 식당으로 운전해 간다.

내가 배동수에게 형이란 호칭을 쓰면서도 반말을 하는 이유는 두 가지다

원래 윤승호도 그랬다는 것과 실제 내 나이가 그보다 더 많다는 데 있었다.

그래서 반말이 아주 자연스러웠다.

대신 형이란 말은 붙였다. 그게 나의 최대한의 배려였다.

ㅁㅁ병원 간판이 보인다.

지안이 점핑할 대상자를 찾기 위해 많은 조사를 해야 했다.

외국의 경우도 그렇지만 우리나라의 경우도 혼수상태의 환자들이 많다.

대부분의 사람들이 환자를 병원에 의탁을 한다.

그리고 일부는 지극 정성한 가족들의 간호를 받는다.

이들 중 다시 정신을 차리는 사람은 1%가 되지 않는다.

물론, 정신을 차린다고 해도 제정신이 아닌 정신착란 상태에서 깨어나는 경우도 있다.

왜 깨어난 이들이 정신착란 증상을 보일까는 나와 지안의 경우를 봐 대략 짐작은 간다.

미쳐 버리지 않고는 어둠 속에서 버틸 수가 없어서일 수도 있다.

그럼, 나와 같은 경우처럼 연고가 없는 환자의 경우는 어떻게 될까?

나라에서 일정 기간 그들을 돌보거나 드문 경우지만 병원에서 병원비를 받지 않고 돌보는 경우가 있다.

하지만 일정 기간이 넘으면 그들은 사망 처리된다.

그래도 일정 기간 보살핌을 받는 이들은 그나마 행운에 속한다.

나라에서 일정 기간 돌보는 이들이 가장 많은 곳이 내가 온 병원이었다.

"형, 혼자 들어갈게. 심심하면 드라이브나 하고 와. 전화할게."

난 배동수의 말을 듣지 않고 빠르게 말한 후 병원으로 들어갔다.

병원 로비에는 사람들이 많지 않았다.

그나마 제일 북적이는 곳이 접수처와 약재실이 있는 곳이었다.

난 그곳 자리에 편하게 자리를 잡고 고개를 숙이고 점핑 대상자를 물색했다.

난 어제 나름 계획을 세웠다.

계획은 간단했다.

담당 의사에게 점핑을 해 환자의 정보를 알아내고 가장 적당한 환자들에게 점핑을 하기로 했다.

원거리 점핑이 가능하니 환자에게 들어갔다가 실패하면 다시 점핑하면 되는 일이었다.

'저 사람!'

무슨 과 의사인지 상관없다.

그의 기억을 읽고 담당의를 찾으면 된다.

점핑!

내가 점핑한 대상자는 레지던트였다. 그의 기억을 읽어 들였다.

'욱!'

영화에서 보던 잔인한 장면 따위는 정말이지 아무것도 아 니다.

의사들에 대한 약간의 존경심이 생길 정도다.

이들은 대학을 다니면서부터 워낙 많이 봐와 면역이 된 건지는 몰라도 처음 겪는 나로서는 참기가 힘들다.

"우~웨엑!"

화장실로 들어가 변기통을 붙잡고 구토를 한다.

내가 있던 병원에서 많은 이들에게 점핑을 했다.

신경과 의사들이라 해도 그들이 과를 정하기 전에 행했던 장면들을 봐서 익숙할 줄 알았는데 착각이었다.

왜 의대생들이 외과를 꺼려 하는지 알 만했다.

뱃속에 있는 모든 걸 화장실에 토해내자 겨우 살 것 같다.

오늘 이 병원 의사들 내장을 모조리 비우는 거 아닌지 모 르겠다.

"야, 최종수. 어디 가?"

"예, 과장님이 심부름 때문에 신경과로 갑니다."

"빨리 끝마치고 와!"

"예."

선배 의사가 말을 걸었지만 적당한 핑계를 대고 빠르게 신경과로 향했다.

그의 기억에 있는 신경과 과장에게 점핑할 생각이다.

'신경과 과장이다.'

점심때라 마침 점심을 먹으러 가는 모양이다. 난 그에게 점핑했다. 지금은 방을 만들 여유가 없었다.

약간의 이질감. 눈을 뜨니 눈앞에 어리둥절해 하고 있는 최종수가 보인다.

"과, 과장님, 안녕하세요."

당황하면서도 인사를 한다.

"그래, 여기서 뭐하나?"

"글쎄요. 딴생각하느라 잘못 올라온 모양입니다."

"몸 관리 잘하면서 해."

난 그에게 말을 건네며 기억을 읽었다.

나이 많은 의사라 그런지 기억을 읽는데 오래 걸린다.

다행인 건 그가 수술한 지 오래됐는지 끔찍한 장면은 안 봐도 되었다.

하지만 불행도 있었다.

바로 코마 환자들에 대한 처리에 관한 기억은 끔찍한 장면보다 더 가슴 아프게 다가온다.

"과장님, 식사하러 안 가세요?"

"으, 응. 약간 머리가 아파서……. 난 좀 있다 먹을 테니 먼저들 가서 먹으라고."

동료 의사들을 보내고 방으로 다시 들어왔다.

그리고 기억을 곱씹어본다. 하지만 그의 기억에는 몇몇 환자를 제외하곤 정보가 가물가물하다.

앞에 있는 컴퓨터로 병원 정보망에 접속했다.

"비밀번호?"

나이가 들수록 기억이 가물거린다고 했던가?

'분명 오전에 출근해서 비밀번호를 넣었을 텐데?'

일상적으로 하는 행동은 나에게 들어오는 기억에 포함되지 않는다.

그래도 더 자세한 정보를 원하면 들어올 텐데.

내가 차지한 의사의 경우 좀 심한 것 같다.

그때, 모니터에 붙어 있는 포스트잇이 눈에 띈다.

그리고 거기에 적힌 영문을 보는 순간 그것이 아이디와 비밀번호라는 걸 알 수 있었다.

"됐다!"

비밀번호를 넣자 검색창이 나타난다.

"입원일은 1년…… 성별은 여…… 가족관계는 무(無)……."

내가 알 만한 것들을 넣고 검색 버튼을 누르자 5명의 환자가 나타난다.

환자의 나이를 본다. 23세의 여자와 27세의 여자 2명이 지안이 들어가기에 적합한 나이다.

"어쩌다가……."

한 명의 환자는 이제 16살이었다.

안쓰러운 마음이 든다.

하지만 여기에 있는 모든 환자들을 내가 어떻게 할 수는 없는 일이다.

환자의 이름을 클릭하자 환자에 대한 정보가 펼쳐진다.

23세 고지윤은 3달 전 외과 수술 후 돌연 코마 상태에 빠졌고, 27세의 유미진도 비슷한 경우였다.

"일단 고지윤부터 점핑해 보자."

지안이 외모에 대해 얘기했지만 성형수술의 천국이라는 우리나라에서 딱히 문제가 될 것 같지 않았다.

먼저 그녀들의 병실을 기억하고 그곳으로 향했다.

고지윤은 807호. 유미진은 809호.

"어머, 과장님 여긴 웬일이세요?"

"아, 문 간호사. 머리가 아파서 잠깐 걷고 있는 중이야. 별일 없지?"

"호호, 여기야 항상 별일이 없죠."

"그럼, 점심 맛있게 먹어. 온 김에 병실에 잠깐 들러볼까?"

마치 혼잣말처럼 들리게 말하고 807호의 문을 열었다.

내가 있던 병실과 다르지 않았다.

생명 유지 장치에 의존해 숨 쉬고 있는 이들.

난 고지윤을 확인하고 점핑했다.

고지윤의 정신세계는 어둠만이 있었다.

맨 처음한 일은 그녀를 움직여 보는 것이다.

하지만 마치 나처럼 몸과 연결이 안 된다.

지안에게는 맞지 않는 몸. 신경과 과장에게 점핑을 할까 하다가 어떤 사연을 지녔는지 궁금했다.

흘러들어 오는 기억들.

'젠장!'

괜히 기억을 읽었다는 생각이 들었다.

마치 나의 과거를 그대로 답습한 모습이다.

씁쓸함이 날 감싼다. 내가 그녀에게 할 수 있는 일은 한 가지뿐이었다.

난 그녀의 정신 공간에 방을 만들었다.

TV에서 나오는 화려하고 아름다운 방.

그녀의 어린 시절 꼭 껴안고 지내던 곰 인형도 큰 크기로 만들었다.

고지윤은 육체도, 영체도 죽었을 수 있다. 하지만 영체가 살아 있다면 조금이라도 잘 지냈으면 하는 바람이었다.

난 신경과 과장의 정신세계에 만들어놓은 방과 그 방에 적어 둔 글을 생각했다.

—환자를 가족처럼.

영체는 공주풍으로 화려하게 꾸며진 방에서 신경과 과장 에게로 나아간다.

◆　◆　◆

유미진도 움직일 수 없는 몸이었다.

기억은 읽진 않았지만 고지윤의 정신세계처럼 방을 만들

었다.

'휴~ 어쩌지. 다른 병원으로 가봐야 하나?'

잠시 고민을 한다.

물론, 이런 일이 있을지도 모른다고 생각을 했었다.

그래서 다른 병원도 검색을 해뒀지만 가장 많은 코마 환자가 있다는 이곳이 이렇다면 좀 곤란하다.

'40대도 괜찮을까?'

하지만 고개를 흔들었다.

지안이 분명 길길이 날뛸 것 같았다.

'차라리 10대 소녀가 더 나을지도. 그 애가 몇 호실이었지?'

난 유미진에게서 유체 이탈을 했다. 그리고 환자들이 있는 방을 살펴본다.

'저기 있다!'

다행스럽게도 다시 원거리 점핑을 안 해도 되었다.

신경과 과장은 아마 지금 어리둥절하고 있을 것이다.

고지윤에게서 원거리 점핑을 했을 때 다시 밥을 먹으러 가고 있었다.

그런데, 또다시 병실로 올라왔으니 지금쯤 자신의 머리를 검사할 생각을 하고 있을지도 모른다.

난 10대 소녀에게로 점핑을 했다.

익숙한 어둠. 난 눈을 뜨고자 의지를 일으킨다.

일체감이 느껴졌다. 그리고 어둠이 갈라지며 빛이 쏟아져 들어온다.

'됐다!'

입원한 지 그렇게 오래되지 않았는지 몇 번의 깜박거림에 눈이 곧 빛에 익숙해진다.

손가락과 발가락을 까닥거려 본다.

손가락은 잘 움직이는데 발이 잘 움직이지 않는다.

'무슨 사고를 당한 건가?'

내 의문에 그녀의 기억이 들어온다.

교통사고였다.

새벽에 학교 가는 길에 승용차와 충돌하는 장면이 마지막 기억이었다.

오늘은 기억을 읽다가 우울증에 빠질 지경이다.

이지원. 어린 시절부터 고아원에서 자란 그녀는 명랑하고 밝은 성격을 지니고 있었다.

꽤나 똑똑하고 예쁜 얼굴로 학교에서 인기도 많았었다.

지안과 지원. 이름도 비슷하고 성격도 비슷했다.

난 이 아이로 결정을 내렸다.

만에 하나라도 영체가 있을 수 있었기에 방을 만들고 편지를 남기는 걸 잊지 않았다.

이제 이 아이를 어떻게 데려가느냐가 문제인데 이미 시나리오는 짜져 있었다.

약간의 수정만 가하면 된다.

난 윤승호의 몸으로 점핑을 했다.

눈을 뜨자 아까보다 주변에는 사람들이 북적이고 있었다.

"맞지? 내 말이 맞잖아. 승호 오빠라니까."

"꺄아~ 눈 떴어. 오빠가 맞다."

"정말 윤승호다."

"정신을 차렸나 봐."

내가 윤승호의 인기를 너무 과소평가한 모양이다.

순식간에 주변에는 인의 장벽이 만들어진다.

난 몸을 일으키며 그들에게 고개를 살짝 숙이며 인사를 했다.

"꺄아~"

웅성거림이 더욱 커진다.

예전이라면 많은 사람들 앞에서 부끄러워 고개도 못 들었 겠지만 기억들을 통해 간접경험을 하면서 이런 정도는 아무 것도 아니었다.

난 유명 배우이자 사기꾼이고, 무술가이자 깡패이기도 했 다.

"실례합니다."

난 사람들을 헤치고 병원의 안내 데스크로 향했다.

뒤를 따르는 사람들이 몇 명 있었지만 난 오히려 기뻐했 다.

윤승호임을 알아차렸는지 약간 놀란 표정의 직원에게 물 었다.

"혹시 이지원 환자가 이 병원에 있나요? 올해 나이는 만 16세로 고등학교 1학년입니다."

"자, 잠시만요. 이지원 씨라고요?"

"예."

컴퓨터를 두드리는 직원.

난 표정에 신경을 썼다. 마치 애타게 환자가 있기를 바라는 사람처럼.

"예. 신경과에 입원을 해 있군요."

"아! 드디어 찾게 되었군요. 어디 있나요? 그 아이 상태는 어떤가요?"

난 감격에 겨운 듯 소리치고 직원의 손을 잡고 다급한 말로 그 아이에 대해 물었다.

"……저, 그런데 환자완 어떤 관계이신지?"

실례의 행동이었지만 직원은 손을 뿌리치지 않았다.

역시 얼굴은 잘생기고 봐야 한다.

"아는 아이입니다. 그 아이가 보낸 편지로 인연을 맺었고 몇 번 얼굴을 본 적이 있었는데 갑자기 연락이 없어 주소로 찾아갔더니 고아원이더군요. 그리고 그곳에서 사고로 병원에 입원했다는 걸 알게 되었습니다. 당장 찾아오려고 했지만…… 제가 사고를 당하는 바람에 이제야 찾아오게 되었군요. 병원 이름을 들었지만 잊고 있어서 이 근처의 병원을 모조리 뒤지고 있었습니다. 감사합니다, 감사합니다."

난 딴생각을 할 수 없도록 말을 빠르게 토해냈다.

"네? 네! 지금 809호에 입원해 있습니다. 그런데…… 그 환자 지금 혼수상태입니다."

"예? 혼수상태요? 그런 일이…… 크으~"

난 놀라서 외쳤고 괴로운 듯 손을 이마에 대며 신음 소리를 냈다.

"그럼, 혹시 담당 의사분과 얘기를 나눌 수 있을까요?"

"네, 연락해 보겠습니다. 그리고 이 손 좀……."

"아, 제가 실례를 저질렀군요. 죄송합니다. 담당 선생님
은 어디에 계시죠?"

뒤에 있던 사람들이 다 들을 수 있을 정도로 큰소리로 말
했고, 그들이 자연스럽게 소문을 내줄 것이기에 이지원의
보호자를 자처한다고 해도 문제될 것이 없을 것이다.

앞에 있는 직원은 방금 내가 한 말을 의사에게 말하며 통
화 중이었다.

난 담당 의사와 바로 만날 수 있었다.

"정용재입니다."

"윤승호입니다."

정용재는 내가 점핑을 했던 신경과 과장이었다.

"말은 직원에게 들었습니다. 이지원 환자를 찾아오셨다고
요?"

"예. 그 아이가 혼수상태라는 말을 하던데 사실입니까?"

"그렇습니다. 이지원 환자는……."

의사의 설명이 길게 이어진다.

난 듣는 내내 안타까운 표정을 짓고 있었다.

"그럼 그 아이는 어떻게 되는 겁니까?"

"험, 일단 뇌의 자극을 주어 깨어나게 하는 시술을 했지
만 전혀 반응이 없더군요. 일단 기간을 두고 지켜보는 수밖
에 없지요."

"깨어나지 않는다면요?"

"그런 경우에는 저희로서도……."

뒷말은 듣지 않아도 알고 있다.

이지원은 사망 처리가 될 것이다. 그리고…….

"선생님, 그 기간이 오래 걸리지 않을 거라는 건 알고 있습니다. 만일 제가 병원비를 낸다면 계속 치료가 가능할까요?"

"그거야 가능합니다."

이제 마지막 고비다.

"제가 바빠 이곳에 있으면 자주 들를 수 없는데 혹, 다른 병원으로 옮기는 것도 가능합니까?"

"그건 힘들 겁니다. 지금 이지원 환자의 경우 보호자가 전혀 없습니다. 저희 병원에서 보호를 자처하고 있는 경우죠. 그렇다고 저희 병원이 마음대로 할 수는 없습니다."

"방법이 없겠습니까? 그 아이는 제 가족과 같은 아이입니다."

"……"

잠깐 고민을 하는 정용재.

아까 심어둔 각인이 효과가 있어야 할 텐데.

"그렇다면 윤승호 씨가 보호자가 되어야 합니다. 그리고 꽤 오랜 시간이 걸릴 수도 있습니다. 또한 그렇게 하게 되면 이지원 환자의 병원비를 내셔야 할 겁니다."

됐다! 병원에서 내줄 수 없다고 할 때를 대비해 로비에서 그렇게 연기를 한 건데 생각보다 일이 잘 풀렸다.

"상관없습니다. 비용은 일체 제가 부담하겠습니다. 제 가족 같은 아이인데 어디 돈이 문제겠습니까."

"알겠습니다. 그럼 연락처를 주시면 저희 쪽에서 처리하면서 필요할 때 연락을 드리도록 하겠습니다."

"감사합니다, 선생님."

무사히 잘 해결이 되었다. 비록 이지원이 어리긴 하지만 지안이 그리 나쁘게 생각하진 않을 것이다.

"승호야, 너 도대체 병원에서 무슨 짓을 한 거야?"

병원 밖으로 나오니 배동수가 핸드폰을 보고 있다가 놀란 듯이 말한다.

"뭐가?"

"너 지금 실시간 검색어 3위야. 그새 또 한 칸 올랐다."

내가 조금 전 한 일 때문인가?

아무리 요즘 스마트폰 시대라고 해도 너무 빠른 거 아닌가?

"큭! 사장님한테 전화 왔다."

"통화해. 난 차에서 기다릴게."

난 차에 들어가 핸드폰으로 검색 사이트에 들어갔다.

짧은 순간에 어느새 1위다.

스마트한 세상이라더니 실감하게 된다.

난 '윤승호 동영상' 이라는 글을 클릭했다. 작은 핸드폰으로 아까 내가 했던 닭살스러운 장면이 나온다.

"뭐래?"

"뭐래긴 당장 튀어 오라지. 서울로 갈 거지?"

아 형 딴 데 간다면 때릴 기세다.

"응. 그리고 사장이 뭐라 하면 모두 내 탓으로 돌려."

직장인이 사장 말을 거역하면 어떻게 되는지 잘 알기에 핑곗거리를 만들어준다.

차는 아까보다 빠른 속도로 서울로 향한다.

오늘 일을 생각해 보면 참 운이 좋았다.

하루만에 지안에게 맞는 사람을 찾게 되다니 말이다.

지안이 과연 어떤 표정을 지을지 궁금하다.

아니, 아직 찾지 못했다고 좀 골려줄까?

"하하!"

괜한 웃음이 나온다.

지안은 분명 활짝 웃으며 좋아라 할 것이다.

13.
가슴이, 머리가 아프다

살다보면 황당한 경우가 있다.

배에서 신호를 보내 바지를 내리고 앉아 시원하게 일을 끝냈는데 휴지가 없어 돈으로 닦아볼까 꺼내 보니 천 원짜리도 없고 오직 만 원짜리 몇 장만 있을 때와 같은 경우 말이다.

지금이라면 만 원짜리라도 닦았겠지만 그 당시에는 정말이지 아까워 만 원짜리는 차마 사용하지 못했다.

백만 원짜리 수표로 닦았다는 기막힌 뉴스도 보았지만 지금도 그렇게는 못하겠다.

각설하고 난 내 옆에 있던 지안의 자리를 바라보며 황당해하고 있다.

지안이 사라져 버린 것이다.

멍하니 바라보다 뭐에 홀린 듯 방금 전 외출에서 돌아와 간호사에게 혼나고 누워 있던 윤승호에게 점핑했다.

침대에서 벌떡 일어나 문을 열고 나와 간호사들이 모여 있는 곳으로 갔다.

"윤승호 씨, 또 어딜……."

"지안은 어디 갔죠? 제 옆방에 있는 곽지안은 어디로 사라진 거죠?"

"아! 아, 아파요. 이거 놓고 말씀하세요!"

내가 혼수상태의 환자가 어떻게 죽고 어떻게 처리되는지 몰랐다면 이렇게 조급하지 않았을 것이다.

"빨리 말해요! 곽지안은 어디로 갔어요!"

앞에서 아프다며 내 손을 떼려고 하는 간호사의 모습은 보이지 않았다.

내가 할 일은 단 한 가지 지안을 찾는 것뿐이다.

안에서 업무를 보던 간호사들까지 나에게 달라붙은 후에야 비로소 이성을 찾고 간호사의 팔을 놓아주었다.

"죄송합니다."

인상을 쓰고 있는 간호사에게 사과를 했다.

서두른다고 빠르게 해결되는 것이 아니라는 걸 깨달았다.

"제가 잠시 정신이 나갔나 봅니다. 다치신 곳이 있다면 제가 책임을 지겠습니다."

"괘, 괜찮아요. 그런데, 곽지안 환자라면 오늘 퇴원했어요."

"네?"

"맞아요. 오늘 오전에 그녀의 남편이 와서 그녀를 데려갔 거든요."

"그럴 리가……."

옆에서 수간호사가 거든다.

내 입에선 마치 신음 소리처럼 웅얼거리는 소리가 나온 다.

"참, 신미향 간호사는 어디 있죠?"

신미향이 떠올라 물었다.

그녀의 생각을 읽으면 어디로 갔는지 알 수 있지 않을까 해서였다.

"미향이는 어제부로 그만뒀어요. 벌써 삼 주일 전부터 퇴 사 의사를 밝혔거든요."

철저하게도 준비를 했구나, 곽지안.

머리 좋은 애가 내 생각 범위를 예상 못했을 리 없다.

"참, 그녀의 남편이 당신에게 전하라는 편지가 있었어 요."

수간호사가 책상을 뒤져 나에게 편지를 건넨다.

봉투에는 간단한 글이 적혀 있었다.

To. 친구

잠시 편지를 보고 있다가 다시 간호사에게 사과를 하고 내 방으로 돌아왔다.

아무 생각이 없다. 다만 침대에 걸터앉아 멍하니 받은 편지를 볼 뿐이다.

한참을 그렇게 있다가 조심스레 편지를 뜯었다.

내 영혼의 친구, 금에비.

제일 위에 적힌 글에 피식 웃음이 나온다.

지안과 난 말 그대로 영혼의 친구였다.

이렇게 편지를 쓰다 보니 너와 처음 만났을 때가 생각나.

아이러니하게 만날 때도 편지였는데 헤어지는 데도 편지가 이용되는구나.

일단 미안해. 내 기억을 다 알고 있으니 너도 내가 얼마나 이기적이고 나쁜 애라는 걸 잘 알 거야.

그렇지 않아.

넌 그런 애가 아니었어.

……많은 고민을 했어. 그런데 차마 널 보고 말할 용기가 없었어.

복수를 하려면 여러 가지 방법이 있지. 하지만 내가 원하는 건 그들도 나와 같은 절망감을 느끼도록 만드는 것이었어.

그러다 보니 이렇게 됐어. 이해할 수 있지?

사실 네가 복수를 도와준다고 했을 때 무지 기뻤어. 하지만 그건 내 몫이야. 너처럼 착한 애를 이토록 더러운 일에 끌어들일 수가 없었어.

지안 네가 잘못 알고 있는 거야.

난…… 그렇게 좋은 놈이 아냐.

……날 찾지 마. 그냥 한동안 날 그냥 내버려 뒀으면 좋겠어. 너라
면 날 찾는 게 어렵지 않을지 몰라.

하지만 그러지 마. 복수가 끝나면 널 찾아갈 테니까.

그때, 날 모른 척만 하지 말아줘.

슬퍼하지도, 아파하지도, 안쓰러워하지도 말고 그냥 잠깐 외로워
만 해. 그리고 내가 돌아왔을 때 예전의 너처럼 날 받아줘.

싫어. 아주 많이 혼내줄 거야.

내가 지금의 나만큼만 아프도록……

행복하게 지내. 내가 너에게 바라는 건 이거 하나야. 나중에 스타
되었다고 무시하면 내 손에 죽을 줄 알아.

바보야, 다음에 봐.

너의 영혼의 친구 지안이.

나쁜 계집애. 불행하게 만들어놓고 행복하라니…….

정말 많이 혼내야겠다.

그래, 니 말대로 행복하게 지내 마. 네가 약 오를 만큼
예쁜 여자 친구도 만들고 잘 먹고 잘살게…….

그런데 왜 이렇게 눈앞이 흐려지는 거지?

그리고 왜 이렇게 그녀의 '바보야' 소리가 듣고 싶어지는 거지?

나쁜 계집애…….

무사히만 돌아와.

그럼, 모두 용서할게.

◆　◆　◆

"그럼, 완전히 다 나은 건가요?

"아뇨, 계속해서 상황을 지켜봐야 한답니다. 하지만 활동하는 데는 약간의 불편함만 있을 뿐 문제가 없다고 했습니다."

"축하드립니다. 승호 씨의 많은 팬들이 무척 기뻐하겠는데요."

"모두 저를 걱정해 주신 분들의 덕분이 아닐까 합니다."

김민상 리포트의 말에 난 웃는 얼굴로 대답을 한다.

난 퇴원을 하기로 결정했다.

이곳에 계속 있다고 해도 더 이상 소용이 없었다.

며칠 동안 지안 때문에 속상했지만 어쩌면 그녀가 계속 내 곁에 머물기를 바라는 것은 내 욕심이라는 걸 알았다.

"그리고 팬들에게 카드를 직접 써서 보냈다고 하던데 힘들진 않았습니까?"

"하하하! 팬분들이 저에게 보내시는 정성에 비하면 한참 부족하죠. 저야 간단한 카드에 답을 한 것뿐이거든요."

"그래도 대단하세요. 좀처럼 하기 힘든 일이잖아요?"

오늘만 이 얘기를 3번째 하는 중이다.

하지만 이건 시작에 불과했다.

각종 정규 방송뿐 아니라 케이블 방송에서도 취재를 왔기에 앞으로도 다섯 군데의 인터뷰에 응해야 했다.

난 이미 외워 버린 말을 쏟아냈다.

"마지막으로 한 가지만 더 물어봐도 될까요?"

"얼마든지요."

예정에 없던 일이다. 하지만 카메라 앞에서 인상을 쓸 수는 없었다.

"인터넷을 떠들썩하게 했던 그 혼수상태의 환자는 어떻게 되었습니까?"

별로 말하고 싶지 않는 내용이다.

이지원의 일은 전격적으로 빠르게 처리가 되었다. 워낙 인터넷을 뜨겁게 달구는 일이었던지라 병원에서도 기꺼워하며 그녀를 내게 보냈다.

그리고 이지원은 지금 옆방에 내 육체와 나란히 누워 있다.

"여러분의 관심 덕분에 제가 돌볼 수 있게 되었습니다. 부디 그 아이가 밝고 건강한 모습으로 깨어났으면 좋겠군요."

난 간단히 할 말만 했다.

"그럼, 마지막으로 저희 방송을 지켜보시는 시청자분들에게 인사를 부탁드립니다."

"센스TV 시청자 여러분, 앞으로 더 건강한 모습으로 나설 수 있도록 하겠습니다. 그리고 추운 겨울 감기 조심하세요."

앞에 스케치북에 쓰인 글을 읽고 마지막 인사를 했다.

"컷! 수고했어요."

"수고하셨습니다."

여기저기 사람들이 바삐 움직이며 장비들을 치우기 시작한다.

"민상이 형, 고생하셨어요."

"응. 고생했어. 그런데 너 정말 많이 바뀌었다. 철이 많이 들었나 보다."

휴~ 이제 이 소리도 지겹다. 그리고 항상 하던 말을 다 시한다.

"죽다 살아났는데 정신 차려야죠."

"자식, 지금 모습 보기 좋다. 영화 찍고 보자."

"다음엔 여자 리포트로 부탁해요. 하하하!"

"웃기지 마. 그렇지 않아도 요즘 자꾸 밀리고 있는데. 넌 내가 예약이야."

김민상은 한때 연예계를 떠들썩하게 한 연예계 X—file을 작성 시, 정보를 제공해서 꽤 많은 유명인들에게 찍혀서 리포트할 때 자주 거절당하는 사람이었다.

메이크업 아티스트가 와 다시 화장을 매만진다.

난 눈을 감고 선도법을 행한다.

이런 자투리 시간에는 딱히 할 일이 없었기에 시간 죽이기에는 최고였다.

내공 수련시 건드리면 주화입마 입을지 모른다는 무협지의 내용은 선도법 3단계와는 상관이 없었다.

걸으면서도 심지어 누군가와 말하면서도 수련이 가능한 것이 선도법이었다.

"승호야, 왔다."

배동수의 속삭임에 눈을 떴고 자리에 일어나 새로운 촬영팀을 환영했다.

"고생 많으십니다."

스타라는 직업이 보기보다 훨씬 고된 일이라는 걸 알 수 있는 하루였다.

총 8번의 인터뷰는 날 지치게 하기 충분했다.

하지만 오히려 바쁜 것이 더 나은지도 몰랐다.

빈자리에 대한 생각을 할 틈이 없으니까.

똑똑!

막 내 육체로 돌아가려는데 들리는 노크 소리에 점핑을 멈춘다.

"누구세요?"

"나."

누구?

무슨 대답을 이렇게 짜증나게 하냐?

남자 목소리였다면 신경도 쓰지 않았겠지만 여자 목소리니 일단은 문을 열어주는 것이 예의.

문을 열자 아무 말 없이 들어오는 그녀의 모습.

아! 윤승호와 사귀었던 여자 중 한 명이다.

이름이 민수린이었던가?

윤승호는 꽤 바람둥이었다.

일단 사귀고 침대에 몇 번 데려가면 헤어질 준비하는 놈이었다.

내가 여자의 얼굴을 잘 기억하는 이유는 부끄럽게도 간접경험(?)이 많아서였다.

"잘 지내고 있나 보네?"

환자로 있는 이에겐 할 말이 아니다. 왠지 독이 가득한 목소리의 그녀다.

"그냥저냥. 음료수 마실래?"

"……물 있으면 줘."

의아한 표정을 짓는 민수린.

익숙한 일이기에 물을 건네고 앞자리에 앉았다.

"그런데, 밤늦게 무슨 일이야?"

"별거 아냐. 내 얼굴을 한 번 보고 싶었어."

"많이 봐도 돼."

"……."

어이없다는 듯이 쳐다보는 그녀를 보니 농담을 던진 내가 미안할 지경이다.

"농담이야. 그런 표정 짓지 말지?"

"하! 정말 기가 막히는군. 네가 지금 나에게 농담할 처지야?"

"그랬나? 그럼 미안."

난 윤승호가 그녀에게 뭔 짓을 했는지 모른다.

그녀와 관련된 더 많은 기억을 윤승호의 머리에 요구하자 아주 짧은 기억이 넘어온다.

'응?'

특별할 게 없다. 둘은 그냥 쿨하게 헤어진 사이었다.

단지 헤어지고 몇 번 찾아와서 윤승호가 몇 번 소리친 것이 다였다.

문득, 점핑이라도 해서 그녀의 과거를 보고 싶어졌지만 한동안 여성에게는 더 이상 점핑 금지다.

앞으로는 아주 마초적인 남자들에게 점핑을 할 작정이다.

"점점…… 너 사고로 바보가 된 거니?"

바보라는 단어가 이토록 어감이 틀릴 줄이야.

하지만 어쩌겠어. 남자가 참는 수밖에.

"약간. 기억을 못하는 것들이 좀 있기는 해. 내가 너에게 무슨 짓을 했는지 모르지만 용서해."

"……"

"왜? 말로는 부족할 정도로 나쁜 짓을 한 거야? 혹, 내가 무슨 짓을 했는지 말해줄래?"

"됐어! 괜히 착한 척하지 마! 구역질나니까."

예상외로 그녀의 반응은 거칠었다.

난 순간 당황할 수밖에 없었다.

"네가 나에게 무슨 짓을 했는지 말해달라고? 지금 장난해? 차라리 그때처럼 꺼지라고 눈앞에서 사라지라고 해! 죽어 버리라고 하란 말이야!"

그녀가 던진 물통이 얼굴로 날아온다.

기억 속에 잘못은 없지만 이럴 땐 맞아주는 게 낫다.

퍽!

하지만 이놈의 본능이란 무서운 건가 보다. 그냥 피해 버렸다.

그렇게 날아간 물통은 소파에 맞고 바닥에 떨어져 반쯤 남은 물을 토해내고 있다.

"미안. 잊으려고 했는데……."

"닥쳐! 닥치란 말이야."

이런, 이런! 그녀의 성질을 건드린 모양이다. 민수린의 핸드백과 내가 읽던 책들이 마구 날아온다.

선도법과 선도술을 익혀서인지 최소한의 움직임으로 모조리 피해 버린다.

'망할! 그냥 맞아줄 걸.'

민수린은 예쁜 얼굴이 마치 악귀처럼 일그러진 채 식식거린다.

"후~"

길게 한숨을 내쉬며 얼굴의 표정을 다 잡는 그녀.

"역시 넌 구제불능이었어. 영화 잘 찍어. 이번엔 말에서 떨어지는 게 아니라 진짜 칼에 찔려 죽을 수 있을 테니까."

큭! 어디서 그런 악담을.

땅에 떨어진 핸드백을 들더니 나가려는 민수린에게 결국 점핑을 했다.

소름 돋는 말에서 약간의 의구심이 생겨서였다.

난 먼저 민수린의 몸을 소파에 앉게 하고 기억을 읽었다.

'응?'

뭔가가 상당히 이상하다.

기억을 읽어 들이면서 이런 경우는 처음이다.

영화로 치자면 두 개의 영화를 섞어 놓은 듯 보인다.

'에~~! 이 여자가 사주한 거였어?'

윤승호가 말에서 떨어진 이유가 이 여자의 사주를 받은 이들이 말안장을 잘라놓은 것이다.

그런데, 웃기는 건 윤승호가 식물인간이 되었다는 얘기를 듣고 한참 웃더니, 갑자기 펑펑 운다.

그것 말고도 이상한 점이 있었다.

분명 헤어질 때 윤승호의 기억과 다를 바가 없었다.

그런데 왜 그토록 화를 낸 건지 이유를 알 수가 없었다.

결론을 내릴 수 있었다. 민수린은 미쳤다.

다른 걸로는 도저히 설명이 안 되는 상황. 난 그녀의 정신세계로 들어갔다.

그리고 방을 만들고 글을 적었다.

—제정신을 차리자.

—윤승호를 미워하지 말자.

—미쳐도 곱게 미치자.

미친 여자에게 어떤 말이 효과가 있을지 몰라 몇 가지를 적었다.

앞으로 윤승호로 살아가야 하는데 계속 미친 짓을 하면 곤란하다.

'잠깐 이게 무슨 소리지?'

한참 방을 치장하고 있는데 어디선가 들리는 여자 목소리.

'거기 누구죠? 저 좀 꺼내주세요.'

갑자기 온몸에 소름이 돋는다.

정신세계에 누군가가 있을 수 있다니 이건 말도 안 되는 상황이다.

뭐, 나도 말도 안 되는 상황인가?

공중에 커다란 등을 만들고 소리가 들리는 쪽으로 향했다.

방을 만든 공간과 멀지 않은 곳에 목소리의 주인공이 있었다.

'민수린?'

민수린이 동그란 원형의 막에 갇혀 있었다.

'누구죠? 절 아나요? 이 막 좀 깨뜨려 주겠어요?'

머리가 혼란스럽다. 이건 대체 어떻게 된 걸까 의문이 든다.

'설마? 이중인격?'

판타지 소설을 보면 한 사람에게 몇 명의 영혼이 들어가는 경우가 있다. 그 경우를 생각해 보면 설명이 되는 것 같다.

'어떻게 알았어요? 당신 누구죠? 여긴 어떻게 들어왔죠? 아니, 그건 상관없어요. 어서 이 막 좀 깨주겠어요?'

대화가 진행이 안 된다.

질문과 질문의 연속이라니.

'잠깐! 일단 조용히 하고 얘기를 나눠봅시다. 난 우연히 여기로 들어왔어요. 아가씨는 누구죠?'

'방금 당신 입으로 말했잖아요. 난 민수린이에요. 당신은 누구죠? 여긴 어떻게 들어왔죠?'

'난 그냥 금이라고 불러요. 음……'

딱히 설명할 길이 없다.

이럴 땐 사기꾼의 머리가 필요하다.

'전 승호의 몸에 붙어 사는 영혼이에요.'

궁색하다. 하지만 민수린은 의심하지 않는다.

참 순진한 아가씨다.

'저와 비슷한 경우인가 보군요. 금이 씨 그럼 이 막을 깨뜨려 주겠어요? 빨리 나가지 않으면 수란이가 승호에게 해코지를 할지도 몰라요.'

'아, 밖에서 엄청 소란스럽게 굴던 여자를 말하는 건가요? 그녀의 이름이 민수란인가요?'

'맞아요. 당신도 그걸 본 모양이군요. 수란이는 성격이 괴팍해요. 어서 막을 깨뜨려요.'

'괜찮아요. 내가 잠깐 잠재웠거든요.'

이제야 민수린의 기억이 그렇게 복잡한지 알 수 있었다.

그런데, 내가 지금 이 막을 부수면 어떻게 될까?

궁금하면서도 함부로 그렇게 할 수가 없었다.

'그리고 설령 부술 수 있다고 해도 그래선 안 돼요. 당신이 민수란과 섞여 버릴 수도 있잖아요.'

'차라리 섞이면 더 나아요. 어쨌든 한 번 깨뜨려 봐요.'

섞이면 윤승호에 대한 공격을 하지 않을지 모른다. 민수란의 성격을 보면 무슨 짓을 할지 몰랐다.

'그럼 뒤로 물러서요.'

난 막을 깨뜨려 보기로 했다.

이 정신세계에서는 나는 신(神).

난 막 앞에 서서 힘을 잔뜩 주고 주먹을 질렀다.

팡!

막을 치는 순간 반탄력에 내 몸이 뒤로 튕겨졌다.

그리고 엄청난 충격이 영체에 느껴진다.

'큭!'

막은 꼼짝도 하지 않았고, 영체에 갑작스런 충격에 내 육체로 돌아갈 뻔했다.

'안 되나요?'

마치 성안에 갇힌 공주처럼 그런 표정 짓지 말라고~!

난 왕자 따위가 아니란 말이야.

신에서 갑자기 보잘것없는 영체가 된 것 같은 기분에 다시 한 번 쳐보기로 했다.

난 온몸에 충격을 대비하고 막을 아까보다 10배 이하의 힘으로 툭 쳤다. 역시 약간의 반탄력이 느껴진다.

조금씩 힘을 더할수록 반탄력 또한 크다.

아까처럼 크게 내지르면 이번엔 영체가 버티지 못할 것
같다.

포기할까? 이거 이러다 내일 퇴원도 못하는 거 아닌지 모
르겠다.

하지만 내 사전에 포기란 단어는 없다.

그래, 선도법!

난 민수린의 홀을 느끼며 선도법으로 기를 빨아들인다.

그리고 그 기를 몸에 쌓고 동시에 내 영체를 보호할 수
있도록 감싼다는 생각을 했다.

팡!

좀 강하게 쳤지만 반탄력은 조금밖에 느껴지지 않는다.

자신감이 넘쳤고, 더욱 기를 많이 빨아들이며 막을 치기
시작했다.

팡! 팡! 팡! 팡! 파앙!

아무리 때려도 소용이 없다.

마지막 주먹에 내 기의 막이 흩어져 버린다.

'안 되네요.'

포기를 모르는 난 결국 기브업(Give up)을 선택했다.

내 사전은 영영사전이다.

'휴~ 어쩔 수 없죠. 기다리는 수밖에요.'

'그런데 궁금한 게 있어요. 수린 씨와 수란 씨는 언제 바
뀌는 거예요?'

바뀌는 시기만 알아도 대처하기가 쉬울 테니 정보를 캐야
한다.

'대중없어요. 하지만 요즘은 수란의 힘이 강해져서 점점 제 시간이 줄어들고 있어요.'

'얼마 동안요?'

'지금은 하루의 반은 수란이 차지하고 있어요.'

젠장! 그럼 긴장을 늦출 수가 없다는 말이 아닌가?

'그런데, 승호와 사귈 땐 수린 씨였어요? 수란 씨였어요?'

'나였어요. 그런데 딱 한 번…… 그와 잘 때 바뀐 적이 있어요.'

쳇! 조심들 좀 하지.

'여기 갇혀 있으면 밖에 상황을 이해 못하는 거예요?'

'아뇨, 다 볼 수 있어요. 지금은 당신이 정신을 잃게 해서 보이지 않는 것뿐이에요.'

'그럼, 당신과 승호가 헤어질 때 다 보고 있었단 말이잖아요.'

'맞아요. 하지만 수란은 자기와 헤어지지 않았다고 생각했어요. 그래서 몇 번 승호를 찾아갔고 승호의 태도에 충격을 받은 거예요.'

참 골고루 한다. 어떻게 해결해야 할지 머리가 지끈거린다.

지안이 있다면 물어보기라도 할 텐데.

'난 승호에게 돌아가야 해요. 오랫동안 떠돌 수 없거든요. 일단, 생각 좀 해 봐야겠어요.'

'휴~ 승호에게 조심하라고 해줘요. 수란은 제 말을 듣지

않거든요.'

'알았어요. 또 올게요.'

난 수린에게 말하고 내 몸으로 점핑했다.

얼떨떨한 표정으로 깨어난 수란은 한 번 더 지랄을 하곤 칼 조심하라고 악담을 퍼부으며 나간다.

"휴~"

절로 한숨이 나온다.

그리고 머리가 아프다.

◆　◆　◆

"그동안 감사합니다."

"윤승호 씨가 이렇게 건강하니 저희가 오히려 기쁘군요. 정기 검진 때는 잊지 말고 오세요."

"예. 그리고 이지원 환자도 잘 부탁드립니다."

"물론이죠. 저희가 최선을 다해 이지원 환자가 깨어날 수 있도록 하겠습니다."

'너무 최선을 다하진 말아주세요.' 라는 말이 나올 뻔했다.

괜히 이것저것 한다고 그녀의 몸이 망가지면 안 된다.

"사진 한 장 부탁드려도 될까요?"

"하하! 부탁이라니요."

의사 분들과 다정한 척 사진을 찍고 마침내 퇴원 행사(?) 를 모두 마쳤다.

"짐은 이게 다야?"

"응. 곧 나갈 테니 차에 먼저 가 있어."

"알았어. 입구에 차 대둘게."

배동수는 손가방을 들고 먼저 나간다. 난 내 방을 나와 옆방으로 갔다.

나와 이지원이 나란히 누워 있다.

이지원의 경우는 사고가 난 지 3개월밖에 안 되었고, 틈틈이 내가 점핑을 해 몸도 가볍게 움직여 주고 선도법도 행해서인지 그냥 자고 있는 것 같다.

하지만 내 모습은 많이 좋지 않다.

내가 나를 보는 데도 안쓰러운 마음이 들 정도다.

뼈밖에 남지 않은 내 손을 만져 본다.

어쩌면 내 육체는 포기를 해야 할지도 모른다는 생각을 한다.

'그래, 아직 포기하지는 않을게.'

난 내게 말을 한다. 누워 있는 난 가늘게 숨 쉴 뿐 대답이 없다.

어차피 매일 영체로 올 곳이다. 더 이상 미적거릴 이유는 없다.

병원 문을 열고 나오자 시원한 바람이 불어온다. 마치 새로운 삶을 살게 될 나를 환영하는 듯이.

차에 탔다. 짙게 선팅된 차량은 병원을 나선다.

창밖으로 병원을 오고 가는 많은 사람들이 보인다. 그중 유독 눈에 띄는 한 사람. 마치 잘 벼른 칼과 같은 인물이다.

'어디서 본 인물인가?'

하지만 기억엔 없다. 왠지 눈을 떼기 힘든 사내. 잠시 그 사내의 눈과 내 눈이 얽힌다.

'점핑을 해 볼까?' 라는 생각이 들었지만 포기했다.

남자는 어느새 시야에 보이지도 않았고, 오늘은 그냥 새로운 삶에 대해 생각해 보기로 했다.

〈2권에서 계속〉

점핑

1판 1쇄 찍음 2012년 4월 2일
1판 1쇄 펴냄 2012년 4월 12일

지은이 | 준 철
펴낸이 | 정 필
펴낸곳 | 도서출판 뿔미디어

편집장 | 이재권
기획 · 편집 | 심재영
편집디자인 | 이진선
관리, 영업 | 김기환, 임순옥

출판등록 | 2002년 9월 11일 (제1081-1-132호)
주소 | 부천시 원미구 상3동 533-3 아트프라자 503호 (우)420-861
전화 | 032)651-6513 / 팩스 032)651-6094
E-mail | BBULMEDIA@paran.com
홈페이지 | www.bbulmedia.com

값 8,000원

ISBN 978-89-6639-623-8 04810
ISBN 978-89-6639-622-1 04810 (세트)